W0299785

COLLECTION
FOLIO/ACTUEL

Jean-Philippe Rivière

Illettrisme, la France cachée

Préface d'Alain Bentolila

Gallimard

Cet ouvrage est publié sous la direction de Jean-Claude Grimal et Olivier Mazel dans la série « Le Monde Actuel ».

Conception et réalisation
des graphiques et tableaux : Cécile Marin

© *Éditions Gallimard, 2001.*

Linguiste, Jean-Philippe Rivière travaille depuis une dizaine d'années à l'évaluation de l'illettrisme auprès des jeunes comme auprès des bénéficiaires du RMI ou des détenus. Conseiller technique pour la « consultation-lecture » au service de psychopathologie de l'enfant et de l'adolescent à l'hôpital de la Pitié-Salpêtrière, il participe également aux travaux de l'Agence nationale de lutte contre l'illettrisme (ANLCI).

PRÉFACE

Pour oser développer sa parole, pour vouloir mettre son sens sur les mots écrits par d'autres, pour exposer ses propres traces écrites au regard des autres, il faut avoir eu la chance de comprendre que la langue orale et écrite constitue une promesse plus qu'une menace ; croire qu'une chance existe d'exercer à travers elle un peu d'influence sur le monde. En effet, on se donnera la peine de maîtriser la parole, la lecture et l'écriture uniquement si l'on a été invité et incité à sortir d'un cercle étroit de familiarité et de connivence à l'intérieur duquel cette maîtrise n'est pas requise. Ceux qui n'ont jamais eu la chance sociale et culturelle d'être invités au concert de la communication élargie n'ont ainsi que peu de raisons de fabriquer des instruments justes et pertinents. Non parce qu'ils seraient incapables de les acquérir et de les utiliser mais parce que dans le petit périmètre de communication qui leur est concédé, ces instruments n'ont pas leur utilité. Lorsqu'un groupe social est tenu à l'écart des cercles de réflexion collective, des lieux d'influence et des centres de décision, il va naturellement se doter de moyens linguistiques réduits ; ceux-ci constituent la réponse linguistique pertinente à la situation culturelle et sociale qui lui est imposée.

En 1999, nous avons évalué les performances en lecture et écriture de plus de 400 000 jeunes gens de nationalité française âgés de 17 à 18 ans. 9,6 % de ces jeunes gens, dont une majorité était encore scolarisée, manifestaient de sérieuses difficultés à comprendre un texte simple de type narratif ou fonctionnel ; les tâches d'écriture les plus simples les mettaient en échec.

Depuis 1990, les chiffres que nous avons obtenus chaque année n'ont varié que dans des proportions insignifiantes. De façon constante, on a pu ainsi constater que 8 à 10 % des jeunes adultes français, quel que soit leur niveau de scolarité et de diplômes, sont incapables d'affronter la lecture d'un texte simple et court. Ils constituent une masse importante d'illettrés qui ne pourront pas lire un article de journal, comprendre les détails d'une convocation ou d'un document administratif, suivre un mode d'emploi ou bien encore se servir d'un plan ou d'un tableau. Leurs difficultés de lecture les marginalisent et rendent aléatoire leur participation à des actions de formation ou d'insertion.

Lorsqu'on ne considère que les jeunes gens ayant quitté le système scolaire en classe de 3e sans diplôme (soit un quart environ de notre population), on découvre que plus de 33 % sont en situation d'illettrisme, soit quatre fois plus que dans la population générale des jeunes adultes : on peut donc passer entre dix et douze années à l'école et en ressortir illettré.

Une enquête menée en 1993 dans 13 départements révélait que dans la population des bénéficiaires du RMI, plus de 30 % se trouvaient en grande difficulté de lecture et d'écriture. Comment imaginer que dans ces conditions les stages d'insertion professionnelle aient quelque chance de changer le destin social de ces citoyens ?

Il me paraît utile de préciser que, si l'on observe une très nette similitude entre la carte de l'illettrisme et celle distribuant les taux de chômage des jeunes adultes, la représentation géographique des taux d'immigration est par contre très clairement différente de celle de l'illettrisme. Toutefois, certaines zones géographiques, et notamment les grandes agglomérations, restent des points aveugles sur la carte de l'illetrisme. En revanche les enquêtes actuelles, et en particulier celle de la journée d'appel de préparation à la défense, révèlent un illettrisme rural qui perdure.

À l'entrée au collège, 12 à 15 % des enfants se trouvent en difficulté sérieuse de lecture ; cela signifie qu'un sur dix des élèves du collège se trouvera certainement en échec scolaire majeur ; à plus long terme, c'est, pour un citoyen sur dix, la promesse d'une exclusion culturelle et sociale. Cela signifie que chacune des classes du collège comptera en moyenne cinq élèves incapables d'autonomie et de polyvalence. Brutalement livrés à eux-mêmes dans la structure morcelée du collège, ces élèves vont s'enfoncer, année après année, dans le long couloir de l'illettrisme. Ils vont vivoter pendant quatre ou cinq ans en ne tirant aucun parti de leurs études ; l'institution les passera par pertes et profits. L'école primaire les a maintenus en survie sans vraiment parvenir à les remettre à niveau ; le collège les achève. Il y a là comme une espèce de scandale. Dans de rares cas, on leur apportera un soutien plus ou moins adapté, on envisagera quelques solutions originales ; mais qui peut penser qu'un enfant qui, à 13 ans, bute encore sur des mots simples, ne maîtrise pas une syntaxe de base et ne tire aucun parti d'un texte élémentaire pourra, une fois devenu « grand », comprendre une lettre d'injonction des allo-

cations familiales ou remplir la fiche d'observations que son employeur (s'il en a un) lui réclame. Sur 100 élèves en difficulté en 6e, 94 % le sont encore en classe de 3e. Ils n'auront pas leur brevet des collèges à une époque où le baccalauréat ne garantit plus rien. Une minorité d'entre eux, plus habiles dans des domaines pratiques, obtiendront un CAP parce qu'à la longue et, malgré des insuffisances notoires dans les matières générales, on considérera que, somme toute, ils le méritent. Mais combien de jeunes trouvent aujourd'hui un emploi avec le seul CAP? Ainsi, plus de 10 % de nos enfants empruntent le long couloir de l'illettrisme qui, de la maternelle jusqu'en 3e, traverse l'école de la République. Ils ont toujours été en retard sur les compétences affichées. Ils ont souffert d'un déficit et d'une rigidité de langage à 5 ans; ils ont acquis quelques aptitudes au décodage des mots à 8 ans alors qu'il convenait de comprendre des textes simples; ils sont difficilement parvenus à repérer quelques informations ponctuelles à 12 ans quand on attendait qu'ils soient des lecteurs autonomes et polyvalents. Ils ont très tôt endossé le costume de l'échec et ne l'ont plus quitté. Sur 100 enfants qui vont à l'école pendant plus de 10 ans, 10 ne comprennent pas un texte court et simple; 10 autres sont condamnés à une lecture de surface n'ouvrant à aucune distance, à aucune critique. Lorsqu'ils sortent de ce couloir où ils n'ont appris que la frustration, la rancune et le repliement, ils sont promis au ghetto et à l'enfermement linguistique. Ils ont déjà renoncé à exercer ce pouvoir propre à l'humain de transformer, quelque peu que ce soit, les autres et soi-même par l'exercice pacifique de la langue orale ou écrite. De la grande section de l'école maternelle jusqu'à l'âge de 18 ans, les chiffres s'inscrivent avec une constance têtue et effrayante. Tous les élèves en difficulté en maternelle ne sont évi-

demment pas promis à l'illettrisme; mais plus on avance dans ce couloir qui traverse notre école, plus se font rares les portes de sortie, plus s'affirme la conscience de l'échec, plus lourd pèse un découragement qui engendrera la révolte et la violence.

Le délabrement de la médiation familiale, que ne peuvent ou ne savent compenser les institutions éducatives et culturelles, a pour conséquence que bien des jeunes adultes se trouvent en situation d'extrême insécurité linguistique tant à l'oral qu'à l'écrit. Ils ont été des enfants mal entendus *parce que leurs questions, tout au long de leur apprentissage de la langue, sont souvent restées sans réponse; ils ont été aussi les* enfants du malentendu, *c'est-à-dire des enfants qui ont abouti à un malentendu linguistique fondamental. Enfants mal entendus parce que peu entendus par leurs parents et par leurs proches; enfants du malentendu parce que confortés dans l'idée que, finalement, la compréhension va de soi, va sans dire et sans lire pour peu qu'on la cantonne dans un espace restreint. Il peut paraître paradoxal de soutenir que la médiation familiale se dégrade alors que le niveau d'éducation de la population a généralement augmenté de manière significative. Sans tomber dans une « sociologie de salon », quelques observations de bon sens permettent d'expliquer la solitude relative dans laquelle se déroule l'apprentissage linguistique de certains enfants. En tout premier lieu, je citerai la disparition des grands-parents du cercle familial permanent; cette rupture — que l'on peut ou non regretter — constitue certainement un élément négatif pour l'apprentissage de la langue orale puis écrite: l'écoute attentive que la grand-mère et le grand-père accordaient au jeune enfant, la parole qu'ils lui adressaient avec moins de hâte, plus de sérénité font aujourd'hui cruellement défaut. Les mères de famille pour leur part occupent souvent des emplois très absorbants. Il s'agit là, sans nul doute, d'un progrès social important. Cependant, qui est venu remplacer la médiation bienveillante et exigeante de la maman lors de l'apprentissage de la langue ? Ni le père souvent moins disponible encore, ni la télévision qui n'a aucun effet médiationnel. Les parents — ou le parent dans le cas de famille monoparentale — ont une conscience souvent douloureuse de la difficulté qu'ils ont d'accorder à leur enfant l'attention indulgente et rigoureuse dont il a un besoin essentiel ; souvent, ils peuvent en concevoir une sorte de culpabilité, une anxiété diffuse pour l'avenir de leur petit un peu trop négligé. Parfois ces sentiments entraînent une bizarre impression d'urgence qui les amène à demander voire à exiger que l'on fasse gagner du temps à l'enfant en lui apprenant à lire plus tôt ou en anticipant son passage au cours préparatoire. Souvent cette même angoisse teintée de culpabilité va les livrer pieds et poings liés à des charlatans avisés qui vont leur promettre la recette miracle pour apprendre à lire au berceau, pour devenir à coup sûr un surdoué promis à Polytechnique. Le métier de parent est aujourd'hui le plus difficile des métiers ; il exige que l'on s'oublie soi-même, que l'on fasse taire ses propres frustrations et ses propres chagrins, que l'on relativise ses propres ambitions pour offrir à son enfant, au moyen de cette langue qu'on lui fait patiemment découvrir dans ses fonctions et dans son organisation, une relation au monde acceptable, c'est-à-dire digne d'être engagée.*

Plus j'avance dans ma réflexion, plus je pense que c'est vraisemblablement la maîtrise de la langue qui conditionne un destin scolaire et un destin social. Sans réelle maîtrise de la langue, il n'y a pas d'entrée possible dans le monde de l'écrit, sans réelle maîtrise de la langue, il n'y a pas de chances réelles d'intégration sociale. De ce point de vue l'illettrisme révèle un handicap linguistique global qu'il manifeste et expose à la sanction sociale.

Bien des jeunes adultes de langue maternelle française vivent en situation d'insécurité linguistique. Pour la plupart d'entre eux, le langage qu'ils utilisent a été forgé dans un cercle réduit au sein duquel l'indifférence, et parfois la violence, ont perverti l'apprentissage. De ce fait, ce langage ne s'est pas doté (comment et pourquoi l'aurait-il fait ?) de moyens propres à véhiculer le sens au-delà du trivial ou de l'invective. Confiné dans un espace restreint, rarement sollicité pour transmettre ou recevoir des informations extérieures à un univers rétréci, c'est une langue aux moyens nécessairement limités à laquelle ces citoyens français ont droit : un vocabulaire restreint ; un usage des marques grammaticales approximatif ; une difficulté douloureuse à organiser chronologiquement et logiquement les parties de leur discours. Ce langage affaibli ne supporte que la proximité, fuit avec effroi et ressentiment toute sollicitation à fonctionner au large. Il interdit de ce fait les portes de l'écrit à ceux qui sont incapables d'affronter, à l'oral, la distance et l'imprévisible. *Il fait des textes un monde à part, étranger et inaccessible.*

Cette insécurité linguistique n'est en aucun cas le résultat d'un choix culturel ou communautaire ; elle est la conséquence d'une violence et d'une marginalisation subies. Elle ne saurait donc être considérée comme le fondement d'une identité culturelle dont elle constituerait, pour certains groupes sociaux, le ciment et l'emblème. Et pourtant nombreux sont ceux qui en soulignent le dynamisme, la créativité et la valeur identitaire en feignant d'ignorer l'enfermement auquel cette insécurité condamne ceux qui la subissent. Ces bons apôtres, de droite ou de gauche, refusant d'analyser les enjeux politiques et sociaux du langage, se laissent séduire par l'écume d'une parole dont le pittoresque cache bien mal l'inquiétante approximation. Ils clament à qui veut l'entendre que tous les langages sont égaux alors que certains livrent les clés du monde et que d'autres ferment les portes du ghetto.

Si l'on veut éviter la démagogie facile comme le purisme méprisant, il faut dénoncer deux des arguments les plus fréquemment utilisés pour cacher le fossé qui sépare ceux qui possèdent le pouvoir linguistique de ceux qui en sont privés. Le premier soutient que toute innovation ou transformation linguistique apporte « naturellement » à qui l'utilise puissance et force d'expression. Le second prétend que toute création ou modification enrichit un trésor linguistique commun dans lequel chacun pourrait puiser à sa guise.

Questionnons tout d'abord la supposée puissance d'information de certaines de ces innovations linguistiques. En réalité, certains groupes sociaux parmi les plus défavorisés ne disposent que d'un vocabulaire certes particulier, mais flou et ambigu. La plupart de ces mots créés ou « relookés » recouvrent chacun un champ de signification démesuré : tout peut être « cool », tout peut être « niqué », tout peut être « trop », tout peut être « craint »... Une bonne partie de ces mots nouveaux peuvent ainsi se mettre à toutes les sauces contextuelles ; ils s'appliquent docilement à n'importe quelle situation. L'étendue de leur signification est tellement vaste que leur pouvoir d'information tend vers zéro ; car si tout peut être « grave », rien ne l'est vraiment. Ces mots « recyclés » sont souvent presque vides d'information et de ce fait exigent pour avoir un sens une relation d'étroite proximité et d'extrême connivence entre ceux qui les utilisent. Mots de la commu-

nion plutôt que mots de la communication, ils condamnent ceux dont ils constituent l'essentiel du vocabulaire à renoncer, à imposer leur propre pensée à l'intelligence des autres. Ce type de processus qui consiste à faire du neuf en étendant inconsidérément le champ d'utilisation d'un mot jusqu'à le priver de sa spécificité sémantique n'est d'ailleurs pas l'apanage du langage dit des jeunes. On a vu fleurir, il y a peu, d'agressives publicités à la gloire d'un hypermarché qui qualifiait d'« historique » la vente à bas prix de batteries de casseroles, de gigots d'agneau et même de sous-vêtements. « C'est historique ! » nous disait-on, à grand renfort d'affiches et de spots radiophoniques. Ce mot « historique » associé par la force médiatique à des événements on ne peut plus triviaux se trouvait ainsi engagé dans une spirale d'affaiblissement de son sens : si n'importe quoi peut être historique, rien ne le sera plus. Nous ne sommes pas là devant un processus de novation, mais bien au contraire face à l'appauvrissement inquiétant du sens de certains mots et non des moindres. Quand on en vient à galvauder le mot qui dit la légitimité d'entrer dans l'Histoire, il faut certes nous inquiéter pour notre vocabulaire, mais plus encore pour notre pensée collective.

Examinons à présent l'image illusoire d'un trésor linguistique toujours renouvelé et toujours disponible pour tous. Cette vision est celle des faiseurs de dictionnaires et de grammaires à la mode qui voudraient nous faire croire à un trésor de la langue française constamment enrichi et équitablement redistribué. En réalité, la langue française s'incarne aujourd'hui dans les langages d'hommes et de femmes dont les pouvoirs linguistiques respectifs sont devenus tellement inégaux que la notion même de communauté nationale risque de se retrouver gravement mise en cause. Dans ce contexte de communication inégale, l'enrichissement produit par la création de nouveaux mots et de nouvelles structures se fait le plus souvent dans un seul sens : il ne concerne que ceux qui, possédant déjà un vocabulaire varié, une syntaxe précise, vont alors donner à leur langage un petit coup de jeunesse et de modernité. Nos propres enfants, que l'on a pris soin de doter d'armes linguistiques « tout-terrain », peuvent sans risque enrichir leur panoplie linguistique de quelques « perles de banlieue ». Nous-mêmes oserons parfois ponctuer nos discours parfaitement standardisés de quelques « audaces verlanesques » du plus bel effet, encouragés en cela par des médias soucieux de se donner une image jeune et dynamique. Les « nantis du langage » s'encanaillent linguistiquement sans risque et avec la meilleure conscience du monde. Mais ceux dont le vocabulaire est limité et imprécis ont-ils un réel pouvoir linguistique ? Non, ce sont les « pauvres du langage » condamnés à ne communiquer que dans l'immédiat et dans la proximité.

Il n'est pas question de tenir, sur ce langage dit des cités, des banlieues ou des jeunes, un discours de mépris stigmatisant son irrespect des règles lexicales et grammaticales ; mais il n'est pas non plus question, au nom de je ne sais quel droit à la différence (ou à l'indifférence), d'ignorer qu'il prive ceux dont il est le seul instrument de parole d'exercer leur droit légitime de laisser sur les autres une trace singulière. La vraie question, la seule qui doit nous mobiliser, est de savoir comment distribuer de manière plus équitable le pouvoir linguistique afin que certains ne soient pas exclus de la communauté de parole, de lecture et d'écriture. Ce n'est donc pas d'élégance et de normes que je me préoccupe, mais de la nécessité de permettre à chaque citoyen de transmettre à l'Autre sa pensée de la façon la plus juste et la plus précise, et d'ouvrir en retour son intelligence à la pensée de l'autre avec autant de bienveillance que d'exigence. C'est sans doute à long terme le moyen le plus honorable de rompre l'infernale succession des poussées de violence devant lesquelles toute réponse ponctuelle est vaine. Lorsque la parole parvient à exercer son pouvoir dans le respect des droits intellectuels de l'Autre, elle peut contribuer à différer et parfois à éviter le passage à l'acte violent. Le simple fait de parler ne constitue absolument pas une garantie de non-violence ; les slogans simplificateurs : « Substituons les mots aux coups », « Des paroles contre la violence ! » ne sont que des exhortations qui nous donnent l'impression d'avoir découvert un remède contre la violence : il est des silencieux paisibles et des bavards capables d'une cruauté inouïe. Non ! tout est dans la conception que l'on a de la communication humaine. Si je mets au centre de mon intention de parole l'Autre dans son altérité, dans sa vulnérabilité mais aussi dans son droit d'exercer son propre pouvoir linguistique, alors je donne une chance à deux intelligences d'en venir aux mots plutôt qu'aux mains. Mais si l'Autre n'est qu'une cible anonyme et muette, alors les mots annoncent, souvent accompagnent et parfois ponctuent agressions et destructions. En d'autres termes, lorsque la communication humaine oublie son éthique essentielle, elle permet à la moindre frustration d'engendrer la violence.

L'insécurité linguistique incite ceux qui la subissent au constat ponctuel et à la qualification radicale ; elle rend donc difficile la mise en cause des mots d'ordre définitifs et des principes explicatifs faussement présentés comme universels. Un citoyen privé de réel pouvoir linguistique, en difficulté de conceptualisation et d'argumentation, ne pourra pas prendre une distance propice à la réflexion et à l'ana-

lyse. Il sera certainement plus perméable à tous les discours sectaires et intégristes qui prétendront lui apporter des réponses simples, immédiates et définitives. Il pourra plus facilement se laisser séduire par tous les stéréotypes qui offrent du monde une vision dichotomique et manichéenne. Il se soumettra plus docilement aux règles les plus rigides et les plus arbitraires pourvu qu'elles lui donnent l'illusion de transcender les insupportables frustrations quotidiennes. Or nos enfants auront à affronter un monde dans lequel l'excès de crédulité se révèle souvent fatal. Un monde où discours et textes de nature totalitaire et sectaire se présentent sous le couvert d'une parfaite correction grammaticale, articulés selon une argumentation sans faille. Que l'on en juge en lisant ce tract récent du Front national.

« Lors de la création de la Yougoslavie, les Serbes constituaient au Kosovo une large majorité de la population. MAIS, *trois générations plus tard, sur 1 400 000 habitants, il n'y avait plus que 250 000 Serbes* PUISQUE *1 150 000 Albanais et gitans s'étaient installés. Cette profonde transformation de la population du Kosovo nous fait* ÉVIDEMMENT *penser à ce qui se passe chez nous, en Île-de-France, le Kosovo français en quelque sorte.* D'AILLEURS, *il suffit de voir le spectacle de la station du* RER *de Châtelet aux heures de pointe. Il est* DONC *clair que* SI *nous ne voulons pas être expulsés de notre propre région comme les Serbes le sont, il nous faut* ALORS *nous battre contre l'immigration d'étrangers ayant une natalité galopante. Et* SI *vous décidez de vous battre,* EH BIEN *le Front national sera à vos côtés. »*

Vous trouvez cela peu convaincant ? Les arguments vous paraissent spécieux ? Relisez donc ce texte et imaginez-vous amer et frustré ; mécontent de la vie médiocre et sans joie que vous menez ; reconnu par personne, méprisé par beaucoup ; sans attente, sans espoir et sans ambitions ; cherchant avec une envie malsaine à la fois un maître à penser et un bouc émissaire. Ne pensez-vous pas que vous trouveriez à ce texte quelque séduction ?

Vous tenez là une explication du monde qui dépasse les habituelles opinions échangées au comptoir des lieux communs ! Vous avez l'espoir d'être à votre tour capable de convaincre, d'être écouté enfin et d'avoir ainsi le sentiment d'exister. Et puis vous voilà avec un ennemi à combattre dans une bataille juste et nécessaire ; et avec des alliés unis dans une vision commune du monde. Que demander de plus lorsque les jours se suivent dans la médiocrité, la monotonie et la rancœur tenace contre une injustice anonyme ? Comment alors ne pas se laisser entraîner par ces articulations logiques qui donnent à la succession des propositions un caractère d'évidence et de nécessité : ce « mais » qui marque la fatalité de l'invasion étrangère ; ce « puisque » qui stigmatise la responsabilité de l'envahisseur ; ce « d'ailleurs » qui projette comme sur un écran l'exemple concret et irréfutable d'une foule dangereusement cosmopolite ; et enfin ce « donc » qui indique la seule issue possible : l'action collective à entreprendre. Croyez-vous que vous auriez pris le parti d'analyser, de critiquer, de réfuter ce texte fait à la mesure de vos frustrations, de vos aigreurs ? Je n'en suis pas sûr. La réfutation d'un tel texte suppose que l'on ait été formé à la mise en cause, au questionnement, à l'exigence, que l'on ne tienne rien de ce qui est dit ou écrit pour acquis d'emblée. Être capable de vigilance et de résistance contre toutes les utilisations perverses du langage, être prêt à imposer ses propres discours et ses propres textes en accord avec sa juste pensée, voilà ce que l'on doit à un enfant si l'on veut qu'il contribue à donner à ce monde un sens honorable.

On ne peut jouer pleinement son rôle de citoyen sans une compréhension claire des défis que la langue nous propose : celui notamment d'oser s'adresser au plus étranger parmi les étrangers pour lui dire les choses les plus étranges qui soient. Car c'est bien pour aller au plus loin de nous-mêmes qu'il nous faut posséder en commun avec les autres des mots nombreux et précis et partager des structures pertinentes et rigoureuses. Il faut certes accepter avec respect les formes différentes de notre langue, car aucune langue n'est uniforme ; mais il faut affirmer avec exigence sa vocation à rassembler, à transcender les clivages, à guérir les déchirures. La langue n'annihile pas les différences culturelles et sociales, mais elle les rend audibles les unes aux autres ; c'est ainsi qu'elle contribue à préserver le lien social et à éviter que notre communauté ne devienne un conglomérat de groupes imperméables les uns aux autres, prêts à tous les affrontements, à toutes les violences. Nous sommes individuellement et collectivement responsables de porter au plus haut degré d'exigence la fonction de communication de notre langue : affronter la distance et l'inconnu en préférant toujours les arguments aux coups, la lucidité à l'obscurantisme, la tolérance au racisme.

Il faut dénoncer cette tendance à la mode qui tente d'édulcorer les détresses sociales et culturelles, de maquiller certains handicaps douloureux, en les diluant dans le concept flou de la diversité culturelle sous le prétexte démagogique d'éviter la stigmatisation. Avoir du mal à lire et encore plus à écrire n'a rien d'identitaire ; cela aggrave la marginalisation sociale et rend plus improbables les chances d'en sortir. Pour être politiquement correct, faut-il se contenter de décrire, admiratif et amusé, les astucieuses stratégies de citoyens qui s'échinent à contourner les obstacles quotidiens que leur imposent leurs difficultés de lecture et d'écriture ? Faut-il, pour échapper à l'accusation de conservatisme, s'ébahir devant la vivacité et le pittoresque d'une langue des cités qui enferme plus qu'elle ne libère ? Faut-il enfin, au nom du droit à la différence (et à l'indifférence), accepter que certains soient privés d'aller au plus loin d'eux-mêmes découvrir l'écrit d'un autre qu'ils n'ont jamais vu, s'ouvrir l'intelligence d'un autre qu'ils ne connaissent pas encore ? Si les hommes et les femmes en situation d'illettrisme ont droit à notre respect et à notre solidarité, l'illettrisme qui rend difficile l'exercice de leur citoyenneté n'est en rien acceptable ; la description sociologique de ce phénomène ne lui confère aucune lettre de noblesse socioculturelle.

Depuis des années, on s'interroge périodiquement sur l'importance et la gravité du phénomène de l'illettrisme, en l'exagérant ou en le minimisant. Que ce concept recouvre des difficultés linguistiques de nature et de degrés fort différents, nul n'en doute ; qu'il renvoie à des situations sociales et culturelles diverses, nous en sommes convaincus. Pour autant tous ceux qui entretiennent avec la langue orale et écrite des malentendus douloureux se trouvent vivre plus difficilement que les autres ; ils ont moins de chances de décider de leur destin social ; ils sont plus vulnérables devant des textes sectaires et intégristes. La vraie question, la seule qui mérite d'être posée, est de savoir comment et avec qui nous tenterons dans les années qui viennent de distribuer de façon plus équitable le pouvoir que donne la maîtrise de la langue écrite et orale : parler juste, c'est-à-dire avec l'audace d'affirmer sa volonté de parole mais aussi avec l'infinie considération que l'on doit à l'Autre ; lire juste, c'est-à-dire avec le respect que l'on doit au texte d'un autre mais aussi la volonté d'en donner sa propre interprétation ; écrire juste en savourant le plaisir de chacun des mots choisis mais en ayant le souci d'un lecteur que l'on veut exigeant.

Pour comprendre l'illettrisme, l'auteur présente des cadres d'analyse originaux et des repères essentiels. Devant un tel sujet, la tentation est grande pour le chercheur d'évacuer la complexité en réduisant son champ d'analyse à sa propre spécialité. L'auteur n'a pas cédé à cette tentation et assume les risques de l'interdisciplinarité au profit d'un lecteur qui verra la question de l'illettrisme abordée dans toutes ses dimensions.

Alain Bentolila

INTRODUCTION

La prise en compte de l'illettrisme survient alors que jamais le nombre de personnes en capacité de lire et d'écrire n'a été aussi important. Cet apparent paradoxe révèle en fait la spécificité de ce phénomène social.

La banalisation du savoir lire/écrire est l'aboutissement de choix politiques dont les actes fondateurs datent de la fin du XIXe siècle. L'illettrisme pourrait alors s'interpréter comme une conséquence non prévue de la large diffusion de ces savoirs.

La maîtrise de l'écrit apparaît comme une nouvelle exigence. Les fondamentaux de l'édifice culturel des sociétés post-industrielles reposent sur l'écriture (comme la démocratie, l'économie de marché, la science...). L'illettrisme soulève alors la question de la participation sociale des personnes en difficulté face aux écrits. Cette participation doit affronter de nombreux obstacles et semble s'établir dans une forte dépendance envers ceux qui savent lire et écrire. Mais au-delà de la question de la participation, se pose immédiatement celle de l'appartenance culturelle. Le lien qui semble exister entre l'illettrisme et le phénomène de l'exclusion interroge sur une mise à l'écart qui réduit encore le noyau culturel commun.

Les personnes en situation d'illettrisme semblent marquées, plus que jamais, par le sceau de la différence, jusqu'à leur stigmatisation et l'exagération de certains traits qui en ferait de nouveaux étrangers, tenus à distance d'une culture dont ils n'auraient pas les clés. Tout le monde n'est pas concerné par Internet, les téléphones mobiles et les biotechnologies[1]. Les changements sociaux, intimement liés aux techniques modernes, bien que rapides, sont chaotiques et font naître des contrastes forts entre différents modes de vie. Les progrès techniques pour décrire l'avancée des sociétés de l'information sont souvent mis en avant. Mais à côté de ces signes spectaculaires de la modernité, il en existe d'autres qui témoignent de cette même mutation sociale. L'illettrisme en est un.

Les risques d'exclusion qui, semble-t-il, accompagnent l'illettrisme apparaissent comme des « effets collatéraux » d'une culture de la performance, qui sanctionne les moins efficaces et qui, dans le même mouvement, connaît un nombre grandissant d'enfants sachant lire et écrire avant 6 ans.

S'en tenir au simple constat du paradoxe apparent entre ces deux extrêmes serait commode. Cela éviterait de soulever le véritable rapport de force socio-économique qui se noue autour des capacités d'apprentissage. L'illettrisme et son exclusion révèlent la rigueur des règles et les risques auxquels s'exposent ceux qui s'en écartent.

1. Pour citer Zygmunt Bauman : « Contrairement à ce que pensent les universitaires et les chercheurs, qui font eux-mêmes partie de la nouvelle élite mondialisée, l'Internet et la Toile ne sont pas pour tout le monde et il y a très peu de chances qu'ils se prêtent un jour à une utilisation universelle. » (*Le coût humain de la mondialisation*, Hachette littérature, 1999).

CHAPITRE I

LA CONSTRUCTION D'UNE NORME SOCIALE

L'illettrisme est d'abord un concept normatif. Il pointe une insuffisance qu'un bref regard historique permet de mieux comprendre. En instaurant le rapport à l'écrit comme banal, partagé par tous du fait notamment de l'obligation scolaire, l'écrit, instrument de pouvoir autrefois réservé aux élites, appartient désormais au plus grand nombre. L'école devient alors le promoteur d'une compétence considérée comme indispensable, un acquis de la marche vers la démocratie et le progrès.

Cette nouvelle normalité bouleverse l'utilisation des écrits et les rend omniprésents. Ils deviennent socialement, économiquement, civiquement indispensables. De cette nécessité est né le concept d'illettrisme. Dans les années 80, la France en crise s'interroge. La lecture et l'écriture font partie d'unc nouvelle exigence sociale, ne pas les maîtriser semble exposer aux risques d'exclusion. Le fait de savoir un peu lire et écrire ne suffit plus, il faut désormais être performant pour répondre aux impératifs des sociétés post-industrielles.

Aujourd'hui le concept d'illettrisme, né du monde associatif, est renvoyé aux scientifiques chargés de le définir. Il faut « normer » cette exigence sociale, et poser les repères de la réflexion.

Lire et écrire : de l'exception à la normalité

Il y a plus de six mille ans, l'invention des systèmes d'écriture a fait naître la question de leur apprentissage et a sans doute conduit depuis à distinguer celui qui savait lire et écrire de celui qui ne savait pas. Le mot « illettré », hérité du latin *illiteratus*, est attesté en 1560, son emploi sera rare jusqu'au XVIIIe siècle. Ce mot désigne non seulement celui qui est dans l'incapacité de lire et écrire, mais aussi celui dont l'oral est fruste, l'ignorant ou encore celui qui n'a pas eu d'éducation correcte et qui s'en trouve « mal élevé », c'est-à-dire impoli. Longtemps tombé en désuétude, sa redécouverte semble accompagner la longue période d'alphabétisation des Français. Son sens évoluera peu. Seule l'acception de « mal élevé » disparaîtra, au XXe siècle, au profit de celle d'« attardé » ou d'« imbécile ».

Depuis des siècles les vocables d'illettré et d'analphabète sont en compétition. Le français empruntera à la Renaissance italienne le mot « analphabète » (*analfabeto*), qui viendra occuper en partie le champ sémantique du mot « illettré », plus ancien. « Analphabète » revient sur le devant de la scène à la fin du XIXe, époque cruciale dans l'histoire de l'éducation des adultes. Son emploi l'affirme comme un terme technique du jargon éducatif, bénéficiant sans doute des connotations scientifiques que véhicule son étymologie grecque : *analphabêtos*, qui ne sait ni le « a » ni le « b[1] ».

1. On notera comme point de repère qu'en 1853 « alphabétiser » signifie « classer par ordre alphabétique » ; c'est seule-

L'apparition des mots « analphabète » et « illettré » témoigne de la lente évolution du partage de l'écrit. Il est nécessaire de faire aujourd'hui un effort d'imagination pour repenser l'écriture alphabétique comme une innovation technique déroutante. La banalisation de cet instrument de pensée est un lent processus qui puise ses sources dans les fondements mêmes des sociétés modernes.

L'image de l'écriture littéraire comme modèle d'une expression orale parfaite perdure : pour bien parler français, il faut parler comme un livre. Les propos de la linguistique, qui décrivent les nettes différences entre l'expression orale et l'expression écrite, en soulignant les contraintes qui leur sont propres, ne semblent pas altérer cette vision. La sacralisation du modèle littéraire, tout ancienne soit-elle, ne fut pourtant qu'un épisode de l'Histoire. Les classiques se défiaient plutôt de l'écrit. Selon Cicéron, l'écriture aurait séparé la langue du cœur. Jusqu'au XIXe siècle, l'éloquence fut l'emblème de la maîtrise du langage comme la marque profonde du triomphe de l'oralité. Une personne éloquente était d'abord une personne qui savait se dominer pour rester créative et persuasive. C'était l'archétype de l'avocat qui, par le choix de ses mots, sauvait ou condamnait le prévenu. L'écrivain, pour prendre la figure emblématique des scripteurs, échappait à l'emprise d'un rapport direct, il raturait et refaisait sans connaître l'urgence de la réplique immédiate.

Cette défiance s'enracine également dans l'idée que l'écrit véhicule des savoirs sans pour autant en apporter les clés. Les idéogrammes chinois étaient,

---

ment au milieu du XXe siècle que ce mot décrira le processus même d'alphabétisation. Quant au terme d'« analphabétisme », il est attesté en 1907 et celui d'« alphabétisation » en 1913.

par certains aspects, la garantie d'une moindre errance des connaissances livresques, leur apprentissage devant, pour une longue période, passer par la médiation du mandarin. Pour que l'écrit puisse être maîtrisé par le plus grand nombre, il fallut adopter un codage efficace[1]. L'héritage grec a mis de nombreuses langues sur la voie de l'alphabet, conditionnant ainsi, dans son rapport à l'oral, l'apprentissage de la lecture et de l'écriture par la correspondance des sons et des lettres. L'écrit alphabétique a donc la spécificité de représenter la parole, un peu à la manière d'un enregistrement qui perdrait les caractéristiques de la voix articulée pour ne garder qu'une abstraction de sa dimension linguistique (cette séparation de la langue et du cœur). Durant des siècles, la lecture exploitera cette dimension et sera donc d'abord lecture à voix haute. L'écrivain Alberto Manguel[2] cite Augustin observant Ambroise lire silencieusement : « Quand il lisait, raconte Augustin, ses yeux parcouraient la page et son cœur examinait la signification, mais sa voix restait muette et sa langue immobile. N'importe qui pouvait l'approcher librement et les visiteurs n'étaient en général pas annoncés, si bien que souvent, lorsque nous venions lui rendre visite, nous le trouvions occupé à lire ainsi en silence, car il ne lisait jamais à haute voix. » Il poursuit : « [...] à Augustin, cependant, une telle façon de lire semblait suffisamment étrange pour qu'il la relatât dans ses *Confessions*. On en déduira que cette méthode de lecture, cet examen silencieux de la page était en son temps un usage peu

1. Sur cette question, on peut se reporter à Jack Goody, *La raison graphique. La domestication de la pensée sauvage*, Éditions de Minuit, 1979, ou bien à François Furet et Jacques Ozouf, *Lire/écrire*, Éditions de Minuit, 1977, vol. II.
2. Alberto Manguel, *Histoire de la lecture*, Actes Sud, 1998.

ordinaire, et que la lecture normale se faisait à haute voix. Même si des cas de lecture silencieuse peuvent être recensés à des dates antérieures, ce n'est pas avant le xe siècle que cette façon de lire deviendra habituelle en Occident».

Bien que les historiens ne soient pas tout à fait d'accord sur la prédominance de la lecture orale dans l'ensemble des pratiques, il apparaît que celle-ci fut la seule à être donnée en spectacle aux peuples analphabètes, principalement dans les églises, l'intimité de l'étude (donc de l'écrit) n'étant pas accessible au plus grand nombre. Ainsi s'est forgée pendant des siècles une lecture en prise directe sur l'oralité, une lecture publique, instrument de cérémonies, outil de mémorisation des chants liturgiques.

Du Moyen Âge à l'Empire, l'Église se charge le plus souvent d'apprendre la lecture et l'écriture aux enfants. Toutefois, le but visé est d'abord religieux. Les religions ont compris le pouvoir qu'elles détenaient sur les esprits en les éduquant[1].

La Réforme et la Contre-Réforme constituent des moteurs de l'alphabétisation des Français. Les protestants posent, par leur traduction et la lecture directe des écrits sacrés par les fidèles, un rapport nouveau à la lecture biblique: «À partir du moment où le livre ne comporte plus une interprétation unique, tout en demeurant pour tous le secret du salut, le peuple des fidèles va être appelé à juger sur pièces[2].» Le protestantisme fait aussi basculer l'ensemble de la chrétienté dans une nouvelle relation à

1. Fr. Furet et J. Ozouf, *Lire/Écrire, op. cit.*: «Car l'école a été perçue dès l'origine, par l'Église catholique, comme un moyen de contrôle social et intellectuel, et par conséquent comme un pouvoir dont il ne fallait ni abandonner ni même partager l'exercice.»

2. *Ibid.*

l'écrit. L'influence huguenote sur l'alphabétisation des Français sera décisive et tracera une frontière entre Saint-Malo et Genève qui délimitera à l'est une France plus alphabétisée et à l'ouest et surtout au sud (hors l'enclave huguenote) une France nettement en retard. Ce contraste géographique perdurera globalement jusqu'au milieu du XIXe siècle.

Pour François Furet et Jacques Ozouf[1], la France va rester pendant des siècles dans une situation d'« alphabétisation restreinte[2] ». Ce qui signifie que lecture et écriture seront réservées à certains groupes sociaux qui maintiendront plus ou moins volontairement le peuple dans l'ignorance et l'incapacité de traiter les écrits.

L'école de l'Ancien Régime comme celle de l'Empire ne sont en rien des acteurs efficaces de diffusion massive du savoir lire/écrire. Leurs pratiques l'expliquent : elles dissocient l'enseignement de la lecture et celui de l'écriture. Par endroits[3], ce dernier vient plus tard (il est deux fois plus cher d'apprendre à écrire que d'apprendre à lire)[4], et il est accompagné de celui de l'arithmétique (deux à trois fois plus cher encore). Ces différences de coût[5] entraînent une alphabétisation partielle qui rend le peuple davantage capable d'obéir que de s'exprimer, sachant lire sans savoir écrire. La lecture cantonnée à un rôle d'outil mnémotechnique permet d'apprendre les

1. « Ce qui se passe en France entre Louis XIV et Jules Ferry, ce n'est pas, à proprement parler, l'alphabétisation des Français ; c'est le passage d'une alphabétisation restreinte à une alphabétisation de masse » (*ibid.*).

2. *Restricted literacy*, terme emprunté à Jack Goody, *La raison graphique*, *op. cit.*

3. Nombre d'écoles religieuses sont aussi gratuites.

4. Fr. Furet et J. Ozouf, *op. cit.*

5. L'apprentissage de l'écrit est plus long et permet d'accéder à certains emplois, il est donc plus valorisant.

chants liturgiques sans toutefois forger une capacité réelle d'interprétation des écrits. Il faut relativiser la qualité même des capacités de lecture acquises. La fréquentation de l'école est souvent irrégulière. La France est avant tout rurale, les élèves doivent travailler aux champs, entrecoupant le bon déroulement de la scolarité par les impératifs agricoles. François Furet et Jacques Ozouf[1] rapportent que « dans toute l'Aquitaine[2], l'instabilité de l'institution et une fréquentation très irrégulière de l'école quand celle-ci existait, contribuaient à rendre toujours inachevé le cycle scolaire. Évalué par les autorités impériales à quelque deux ans sur un plan théorique, ce cycle n'était en 1815 encore que d'un an pour la plupart des enfants. Parfois même il s'agissait seulement de cinq ou six mois en raison des exigences des travaux agricoles. Un cycle scolaire aussi lacunaire ne pouvait donner la maîtrise de la lecture, encore moins celle de l'écriture. Dans un temps aussi court le régent ne pouvait rien faire d'autre que d'initier son élève aux Petites Heures, c'est-à-dire à l'alphabet le plus élémentaire à travers la lecture des premières prières ». Bien entendu, les prières évoquées sont en latin. Le produit de la lecture n'est donc pas, à ce stade, la construction du sens mais bien la capacité à faire d'un écrit un « énoncé » oral. L'enseignement de l'écriture est quant à lui centré sur le dessin des lettres. Il faut savoir maîtriser la plume d'oie et ne pas maculer la feuille.

L'alphabétisation restreinte disparaît grâce à la capacité grandissante de produire de l'écrit, l'instaurant ainsi comme un média d'envergure. Un meilleur

1. Fr. Furet et J. Ozouf, *Lire/Écrire, op. cit.*
2. Région française pour laquelle l'alphabétisation fut la plus tardive.

enseignement de la lecture et de l'écriture ne serait qu'une explication seconde. Le besoin de lire aurait donc développé l'enseignement de la lecture.

C'est le développement économique et social qui porte l'alphabétisation de masse. L'école de l'Ancien Régime comme celle de la République ne font que suivre un mouvement dont elles sont l'instrument.

Deux courants, l'un conservateur, l'autre progressiste, se sont opposés fondamentalement sur la question de l'enseignement populaire. Le courant conservateur refusait l'accès au savoir pour les gens du peuple : pourquoi instruire ceux qui n'ont que faire de l'instruction, s'interrogeait La Chalotais[1]. Il s'oppose à l'époque à Jean-Baptiste Crevier qui prônait dès 1762 les principes d'une éducation populaire. La crainte de La Chalotais et de ses successeurs était celle d'une déstabilisation sociale : les fils de paysans et d'artisans, une fois instruits, mépriseraient la profession de leur père, pour accéder à d'autres ambitions qui leur seraient interdites[2].

Mais ceux qui se préoccupent de l'intérêt économique perçoivent déjà que la maîtrise de l'écrit

1. (1701-1785). Procureur général du parlement de Rennes, il est auteur d'un *Essai sur l'éducation nationale*. Il est également l'un des premiers défenseurs de l'enseignement laïque en France.

2. La Chalotais préconise que « l'éducation soit réservée à ceux qui s'en serviront dans leur profession ». Voltaire l'en félicite : « Je vous remercie, écrit-il en 1766 à La Chalotais, de proscrire l'étude chez les laboureurs. Moi qui cultive la terre, je vous présente requête pour avoir des manœuvres et non des clercs tonsurés. » Il n'est pas le seul. Rousseau écrit lui aussi dans *La Nouvelle Héloïse* qu'il n'est pas opportun d'instruire « l'enfant des villageois, car il ne lui convient pas d'être instruit » (cité par Claude Lelièvre, *Histoire des institutions scolaires (1789-1989)*, Nathan, 1990 ; voir également *Histoire générale de l'enseignement et de l'éducation en France*, vol. II, sous la dir. de Louis-Henri Parias, Nouvelle Librairie de France, 1981).

devient une force pour l'enrichissement d'une nation. Les physiocrates[1] encouragent une agriculture éclairée par le savoir. Concevoir l'enseignement populaire comme une force apparaît en contrepoint des idées traditionnelles. Le point de vue économique se doublera d'une réflexion politique sur la citoyenneté. Mirabeau et Diderot[2] mettront en avant son importance.

Malgré les obstacles, la montée de l'alphabétisation est inéluctable. Elle n'apparaît pas aux yeux des historiens comme le seul produit d'une volonté politique nationale, structurée à travers la seule instruction publique. Elle émane pour une grand part de la population, de plus en plus urbaine, ayant perçu les enjeux de l'apprentissage de l'écrit. Ces savoirs sont ceux des classes supérieures (les commerçants, les avocats, les notaires, les médecins...) qui constituent un modèle envié de promotion sociale. Certes, cette alphabétisation privilégie les villes et délaisse les campagnes. Elle est poussée par une économie de marché grandissante qui exige la connaissance du droit et la rédaction de contrats, mais aussi par le poids d'un État centralisateur, de plus en plus pressant, à travers ses impôts, ses lois et l'enrôlement dans les armes. Les grands bouleversements sociaux de la Révolution, puis de l'Empire ne vont pas ralentir l'élan d'alphabétisation. Au contraire, ouvrant des opportunités sociales, la maîtrise de la lecture et de l'écriture devient un outil de promotion. La

1. Les tenants de la physiocratie (doctrine économique du XVIIIe siècle) défendaient une économie fondée sur l'agriculture et sur la libre circulation des biens. Son principal représentant était François Quesnay (1694-1774).

2. Selon Diderot, « le grief de la noblesse se réduit peut-être à dire qu'un paysan qui sait lire est plus malaisé à opprimer qu'un autre ».

révolution industrielle va encore accentuer cette dynamique.

C'est d'abord le tournant d'une autre révolution, celle de 1789, qui va véritablement reposer les questions fondatrices de l'éducation populaire, et notamment à travers les choix de Condorcet. Son rapport sur l'organisation générale de l'instruction publique (avril 1792) va placer l'école dans la logique d'un contre-pouvoir qu'il veut à l'époque indépendant de l'administration, de la politique et surtout de la religion. Elle doit être dédiée à la Connaissance, sous l'autorité d'une société des Sciences et des Arts qu'il rêvait indépendante. La Révolution ne fera aboutir aucun projet dans les faits, mais elle aura presque totalement anéanti le dispositif d'enseignement de l'Ancien Régime à quelques exceptions près. Le monopole de l'Église a été ainsi brisé au profit de l'État, dans une France « plurilingue » dont le souci est de renforcer son unité linguistique[1], comme le montre le rapport de l'abbé Grégoire[2].

Il faudra attendre la fin du XIXe siècle, et la création, par Jules Ferry[3], d'une école laïque, gratuite et obligatoire pour non seulement porter le projet de l'alphabétisation de masse par l'école mais imposer également le français sur l'ensemble du territoire. Toutefois, l'école de Jules Ferry ne fait qu'entériner une scolarisation de masse que la société a elle-même construite en finançant ses propres écoles.

1. Une volonté qui s'exprime depuis l'édit de Villers-Cotterêts (1539).

2. En 1792-1793, l'abbé Grégoire commandite une enquête sur le parler des Français. L'esprit de la Révolution doit passer par une langue unique. Le peuple doit rompre avec les patois, symbole des conservatismes liés à la royauté.

3. Loi sur la gratuité : 16 juin 1881. Loi sur l'enseignement primaire obligatoire et laïque de 6 à 13 ans : 23 mars 1882.

L'école de Jules Ferry est portée par les idées du positivisme d'Auguste Comte, elle « affranchit de l'ignorance, elle moralise le peuple et l'unifie ». Convictions illustrées par les travaux du démographe Achille Guillard.

Observations d'Achille Guillard concernant les détenus et les conscrits (1855)

« Le rapport du ministre de la justice relève la diminution continue du nombre d'accusés ne sachant ni lire ni écrire, et remarque avec raison que ce mouvement est un nouveau témoignage des progrès de l'instruction en France. Il aurait pu ajouter que c'est en même temps un nouvel indice du progrès de la moralité. Il dit seulement que la diminution a été plus forte sur les crimes contre les propriétés que contre les personnes, et il en donne pour cause unique qu'il y a eu diminution des accusés de vol (parmi lesquels il y a beaucoup d'illettrés), et augmentation des faussaires, qui savent presque tous lire et écrire. Mais pourquoi moins de vols et plus de faux. Il nous semble qu'il faut retourner l'explication et dire : il y a proportionnellement moins de voleurs et plus de faussaires, parce qu'il y a plus de gens sachant lire et écrire.

L'instruction diminue le nombre de crimes de vol : c'est un fait. Quant aux faussaires, si leur nombre s'accroît autant ou plus que la population agglomérée, c'est que l'instruction a besoin d'être étendue et complétée. Étendez-la, complétez-la : il dépend de vous, il vous incombe.

Ainsi, instruisez mieux les paysans, le nombre de

crimes violents diminuera encore. L'instruction oppose une digue aux mauvaises passions. Vous en avez la preuve dans le tableau [ci-après], où l'effet de l'instruction sur les accusés est confronté avec son effet général sur la population. S'il n'était pas vrai que l'instruction lutte contre les suggestions coupables, la diminution des illettrés chez les accusés serait la même que chez les conscrits : or, elle est de 25 % chez ceux-ci et seulement de 16 % chez ceux-là. »

FIGURE 1

Part d'illettrés chez les accusés et les conscrits

Période	Accusés illettrés	Conscrits illettrés*
1826-1830	61 %	57 %
1831-1835	58 %	48 %
1836-1840	57 %	44 %
1841-1845	52 %	40 %
1846-1850	51 %	30 %

* en 1880 : 14,4 %
en 1900 : 4 %
(pour ces deux années : source figure 2)

Tiré de l'ouvrage d'Achille Guillard, *Éléments de statistique humaine ou démographie comparée*, édition Guillaumin et Cie des Libraires, Paris, 1855.

La seconde moitié du XIXe siècle va connaître un essor extraordinaire de l'alphabétisation des adultes[1], comme en témoigne l'effondrement de la part des illettrés parmi les conjoints.

FIGURE 2

Part d'illettrés parmi les conjoints
(enquête sur les signatures des registres matrimoniaux)

Période	Hommes	Femmes
1686-1690	70,94 %	86,03 %
1786-1790	52,95 %	73,13 %
1816-1820	45,65 %	65,26 %
1854	30,9 %	46,7 %
1864	27,9 %	41,5 %
1874	21,1 %	32,5 %
1878	17 %	26,8 %
1901	4,2 %	6 %

Sources : N. Terrot, *Histoire de l'éducation des adultes en France, op. cit.*
Les données pour les années 1686-1690, 1786-1790 et 1816, 1874 sont issues de l'enquête Maggiolo (1877). Pour plus de détails sur l'enquête Maggiolo, voir Fr. Furet et J. Ozouf, *Lire/écrire*, *op. cit.*, vol. I, chap. I.

1. Noël Terrot, *Histoire de l'éducation des adultes en France*, Édilig, 1983.

Accompagnant la révolution industrielle, les idées du positivisme font exister un espoir par la connaissance et la science. Cet espoir qui s'accompagne de profonds changements sociaux est porté notamment par l'idéal fraternel des francs-maçons, mais aussi par une branche de l'enseignement catholique. Les frères de l'Institut des écoles chrétiennes fondé par Jean-Baptiste de la Salle[1] organisent des cours d'éducation populaire. Devant le succès de ces initiatives, Victor Duruy (ministre de l'Instruction publique, 1863) relaiera ces expériences sur l'ensemble du territoire en favorisant les écoles primaires pour adultes. Bien que les semaines de travail soient longues (75 heures), les cours ont lieu le soir et connaissent un grand engouement. Ce sont des instituteurs qui les assurent dans leur majorité. En 1865, 200 000 personnes étaient concernées ; en 1869, 800 000, mais seulement une personne sur dix est une femme.

L'engagement de l'État dans l'alphabétisation des adultes, comme dans la mise en place d'un système scolaire, émanait de la compétition internationale, plus particulièrement des dangers potentiels (politique et économique) que représentaient l'Allemagne et le Royaume-Uni. Servis notamment par la Réforme, ces pays avaient dans la seconde partie du XIXe siècle une certaine avance.

Au XIXe siècle, la montée du syndicalisme sur le modèle anglais encourage la formation des adultes et l'établit comme l'une des monnaies d'échange dans les négociations avec le patronat. L'émergence des syndicats et de la culture ouvrière structure et force la marche de l'alphabétisation. Devant la masse des personnes alphabétisées, en 1914, les cours d'adultes évoluent vers « des cours de perfectionne-

1. De nombreuses initiatives seraient à citer — comme celle de l'association des anciens élèves de Polytechnique qui organisa les premiers cours pour ouvriers. Auguste Comte, en personne, y intervint.

ment des connaissances enseignées à l'école primaire et la formation civique des citoyens».

Les historiens s'accordent sur un fait : avec la mobilité sociale qui s'amorce, apparaît la possibilité d'accéder à de nouveaux métiers, d'avoir de nouvelles ambitions. La promotion sociale fut, là encore, l'une des motivations profondes de la scolarisation des enfants comme de l'alphabétisation des adultes.

Au début du siècle, la montée en puissance du nombre de lecteurs va conduire à établir la lecture comme critère populaire de l'intelligence normale. Le fait d'avoir des difficultés à apprendre à lire est jugé comme signe d'imbécillité au sens clinique du terme[1]. La déformation populaire d'une démarche scientifique balbutiante va très vite accoler aux difficultés de lecture des connotations dépréciatives. Selon Jacques Fijalkow[2], c'est en 1892 que s'ouvre la réflexion sur les troubles de la lecture liés à des lésions cérébrales. Le début du siècle va aussi connaître les premiers tests mesurant l'intelligence[3].

Savoir lire et écrire devient non seulement l'indicateur naïf et erroné d'une intelligence normale, mais aussi l'un des traits de la normalité sociale. La réussite de la scolarisation de masse est avérée dans les années 30, années durant lesquelles l'absentéisme des écoliers a beaucoup diminué, notamment en milieu rural. La normalité du savoir lire/écrire est essentiellement issue de leur diffusion massive. Le cours préparatoire de l'école primaire, lieu officiel de l'acquisition du déchiffrement, est un moment essentiel pour l'enfant dans son parcours vers l'âge

1. Voir José Morais, *L'art de lire*, Odile Jacob, 1994.

2. Jacques Fijalkow, *Mauvais lecteurs, pourquoi ?*, PUF, 1986, rééd. 1990.

3. Stephen Jay Gould, *La mal-mesure de l'homme. L'intelligence sous la toise des savants*, Ramsay, 1997.

adulte, au même titre que ses premiers pas ou ses premiers mots.

L'époque des scribes, qui marchandaient jalousement leur savoir, est révolue. Lire et écrire appartiennent désormais à cette sphère des connaissances qui ont perdu leur valeur d'échange, parce que sans rareté, mais dont la valeur d'usage reste immense. La pratique de la lecture et de l'écriture appartient à la fois à l'inconscient et au conscient, nourrie des automatismes de leur apprentissage. Elle s'apparente par ces aspects à la parole qu'elle représente. Une fois assimilés, le lire et l'écrire semblent s'approcher d'une activité aux contours quasiment plus naturels que culturels.

Cette confusion renforce le poids de la normalité apparente de ces savoirs. Jacques Derrida avance qu'une société humaine sans écriture ne pouvait exister[1]. Même les sociétés les plus primitives utilisent des repères graphiques pour compter ou se souvenir d'événements ou de la filiation. L'ethnocentrisme ne ferait sans doute pas nommer écriture le fait de « gratter, graver, griffer, écorcher, inciser, tracer ou imprimer ».

Pourtant ces actes sont décrits par Jacques Derrida comme les « traces originelles » : les premiers écrits ; puisqu'il s'agit, en définitive, de créer une symbolique visuelle. Toutefois, la compétence qui s'imposerait par nature doit être distinguée de celle qui aboutit à la multiplication des signes graphiques et à leur mise en système.

Dans les années 30, le processus de conformation sociale des individus comme utilisateurs d'écrits

1. Jacques Derrida, *De la grammatologie*, Éditions de Minuit, 1967.

semble massivement achevé. La nécessité du savoir lire/écrire est intériorisée et redéfinit la normalité, au sens moral du terme : le normal est ce que l'on doit être, ce qui est bon et juste.

L'alphabétisation restreinte a laissé place à une alphabétisation massive. Le métissage culturel qu'a connu la France entre une culture de l'écrit et une culture de l'oral s'estompe au profit du triomphe de l'écrit. L'oralité se revendiquera même comme émanant de l'écriture, la posant comme modèle de l'expression. S'achève alors l'histoire de l'alphabétisation des Français et commence celle de l'illettrisme.

L'illettrisme : l'expression d'une exigence

Le concept de l'illettrisme est apparu en France en réaction à l'illusion d'une alphabétisation absolue. La capacité du système scolaire à enseigner le savoir lire/écrire a été surestimée pendant des années. L'Éducation nationale a entretenu une utopie éducative qui consistait à penser et à faire croire que le passage par l'école garantissait l'acquisition et la maîtrise de ces savoirs. Mais le système éducatif n'est qu'une vaste organisation humaine, avec ses points forts mais aussi ses faiblesses.

Le mot « illettrisme » est né en réaction à cet aveuglement. Son apparition montre de quelle manière le concept fut d'emblée lié à l'expression d'une exigence sociale.

La première attestation contemporaine écrite du mot « illettrisme » date de 1978. Elle figure dans le rapport moral de l'association ATD Quart Monde[1]

1. L'association « Aide à Toute Détresse » a été fondée par le père Joseph Wresinski sous l'impulsion de l'abbé Pierre. La

qui relate les actions conduites en 1977. C'est en intervenant depuis 1957 auprès de familles démunies des bidonvilles de la région parisienne que cette association humanitaire constate la misère culturelle accompagnant la misère économique. Ce phénomène, à l'époque, est totalement ignoré des institutions comme du grand public. Dans son rapport moral de 1979, l'invention lexicale est justifiée de la manière suivante : « Pour toutes ses démarches, le Mouvement a choisi d'utiliser le terme d'"illettrisme", celui d'analphabétisme ayant une connotation très péjorative pour les adultes du Quart Monde. Par ailleurs, le terme "alphabétisation" a été abandonné, n'évoquant trop souvent que l'action entreprise avec des travailleurs immigrés. Une situation ignorée exige un vocabulaire nouveau, fût-ce au prix d'un barbarisme. »

Cette connotation péjorative du mot « analphabétisme » peut surprendre. Mais les militants de l'association humanitaire ont en effet constaté que les personnes du « quart monde » associaient souvent au mot « analphabète » la rime « bête ». Au dire du mouvement, ces personnes refusent alors ce terme qu'ils trouvent injurieux. Les militants soulignent également la dérive de l'emploi du mot « alphabétisation », utilisé pour l'enseignement de la langue française aux travailleurs émigrés non francophones. Il s'agit pour eux de bien insister sur l'existence de personnes ayant le français comme langue maternelle et qui sont dans l'incapacité d'utiliser l'écrit[1].

---

force d'ATD sera de s'appuyer sur un militantisme fervent et sur des personnalités comme Mme Geneviève Anthonioz-de Gaulle afin de faire passer son message auprès du grand public. Voir aussi : rapport moral 1979, ATD Quart Monde, Paris.

1. « Rien à voir avec l'analphabétisme d'un monde de tradition orale. En sous-prolétariat le terme analphabète est reçu

ATD Quart Monde, en révélant une misère tant économique que culturelle, ancre l'illettrisme dans l'univers de la pauvreté. D'emblée, pauvreté et illettrisme sont liés. À tel point qu'il semble, dans ces premiers temps, inapproprié de nommer « illettrisme » des difficultés de lecture et d'écriture qui ne seraient pas accompagnées du chômage et de l'indigence. La figure de l'illettré telle que la dessinent les premiers témoignages d'ATD Quart Monde est celle d'une personne marginale profondément différente — dans sa vie, dans sa famille, jusque dans les traits de son visage, marqués par la souffrance. La honte qu'éprouvent les illettrés est telle qu'ils cachent leurs lacunes et vivent dans la peur d'être découverts.

Le lien entre pauvreté et illettrisme fait passer un message sans équivoque : parents comme enfants seraient prisonniers d'une misère économique et culturelle qui s'auto-entretiendrait. Le « succès » de ce néologisme va entraîner un glissement de sens du mot « illettré », en faisant vieillir de manière définitive l'acception ancienne d'ignorant ou d'inculte.

La création du GPLI (Groupe permanent de lutte contre l'illettrisme), en 1984, par le gouvernement de Pierre Mauroy peut être vue comme la reconnaissance des conséquences néfastes de l'illettrisme. Toutefois, la démonstration effective de ces conséquences n'est pas faite. On sait parfaitement aujourd'hui que l'illettrisme et l'exclusion ou la pauvreté ne vont pas systématiquement de pair. L'engagement de l'État est interprété comme un engagement moral et poli-

---

avec la même souffrance que le terme bête et c'est pourquoi nous avons choisi le néologisme d'illettrisme » (*Illettrés, illettrisme*, rapport d'ATD Quart Monde/Institut de recherche et de formation aux relations humaines, Commission des communautés européennes, octobre 1981).

tique, qui entérine la réalité même du problème social[1].

Le rapport fondateur[2] du GPLI, remis au Premier ministre, expose une première description globale du phénomène, propose des définitions et présente les grands axes d'une politique nationale.

Les auteurs choisissent à l'époque d'utiliser indifféremment les mots « analphabétisme » et « illettrisme ». Une définition est avancée, reprenant en partie la définition de l'analphabétisme de l'UNESCO (1958) : « ceux qui ayant le plus souvent appris à lire et à écrire, en ont perdu la pratique au point d'être incapables de lire et d'écrire, en le comprenant, un exposé bref et simple de faits en rapport avec la vie quotidienne[3] ».

Après la création du GPLI, les raisons qui ont conduit à choisir le mot « illettrisme » s'estompent. Pourquoi utiliser un néologisme alors qu'existe déjà le terme d'« analphabétisme » ? Il semble urgent d'affirmer la création lexicale en lui trouvant une signification spécifique. S'affirme alors une opposition qui s'établit en lien avec la scolarisation[4]. Les analphabètes et les illettrés ont des difficultés face à l'écrit, toutefois les premiers n'ont pas connu l'école alors

1. Dans le rapport fondateur, *Des illettrés en France*, la demande d'adhésion plus que de conviction est évidente quand il s'agit de traiter de l'ampleur du phénomène et notamment de sa quantification (voir chap. II)

2. Véronique Espérandieu, Antoine Lion et Jean-Pierre Bénichou, *Des illettrés en France*, rapport au Premier ministre, La Documentation française, janvier 1984.

3. *Ibid.* La définition exacte de l'UNESCO de 1958 était la suivante : « être incapable de lire et d'écrire, en le comprenant, un exposé bref et simple de faits en rapport avec la vie quotidienne ».

4. Ce que semblait annoncer la définition du rapport au Premier ministre en incluant une référence à l'apprentissage ou à son absence (« ayant le plus souvent appris »).

que les seconds ont suivi une scolarité. Cette opposition correspond à une hiérarchie déjà inscrite dans l'histoire des deux mots. Car si l'analphabète se voit étymologiquement privé de la connaissance de l'écrit jusqu'à ignorer le « a » et le « b », l'ignorance de l'illettré se définit en référence aux connaissances du lettré. Ce dernier connaît ses lettres, au sens littéraire du terme. En résumé, l'analphabète ignore tout de l'écrit, alors que l'illettré en a un accès partiel et laborieux. C'est justement ce que distingue le passage par l'école où s'établit en règle générale l'apprentissage du déchiffrement (*b a ba*), même si celui-ci est, pour certains, faiblement constitué et peu efficace.

Si l'analphabète connaît un récent contraire, alphabète, l'illettré quant à lui s'est vu peu de temps après l'apparition du mot illettrisme affublé d'un contraire ambigu : le lettré. Cette acception de « lettré » n'a jamais réellement perdu sa référence aux belles-lettres. Il est donc un contraire embarrassant. Un autre contraire est aussi utilisé : l'homme littéré ; ce choix est conditionné par la forme anglaise *illiterate / literate*. En faisant le plus souvent référence au concept de littératie (voir chap. II).

L'« alphabétisation » nomme le fait de ne transmettre que les clés rudimentaires du *b a ba*. Ainsi, une personne analphabète arrêtant son apprentissage de l'écrit après son alphabétisation serait considérée comme illettrée ! De ce fait, l'alphabétisation ne saurait être un objectif satisfaisant.

La distinction entre analphabétisme et illettrisme devient plus complexe au regard de la définition de l'UNESCO de 1978. En effet, dès 1978, l'organisme international a proposé le terme d'« analphabétisme fonctionnel » en lui accordant le sens suivant : « Est fonctionnellement analphabète une personne incapable d'exercer toutes les activités pour lesquelles l'alphabétisation est nécessaire dans l'intérêt du bon fonctionnement de son groupe et de sa communauté et aussi pour lui permettre de continuer à lire, écrire et calculer en vue de son propre développement et de celui de la communauté. »

Le concept véhicule les connotations liées au tiers monde et qu'ATD Quart Monde comme le GPLI voulaient écarter, insistant sur le fait que le phénomène touchait des personnes ayant le français comme langue maternelle et que leur scolarisation s'était bien déroulée en France. Gardons à l'esprit qu'en 1978, l'UNESCO n'a pas encore intégré la question de l'analphabétisme dans les pays dits riches. Même si cette problématique apparaît vraisemblablement au début des années 70 et notamment en 1972 et 1975 avec une campagne télévisée de la BBC, à l'origine d'un grand mouvement de lutte contre l'illettrisme au Royaume-Uni[1]. La proximité des concepts

1. Jean-Pierre Vélis situe le point de départ des actions récentes de lutte contre l'illettrisme à la fin de 1972, au Royaume-Uni, sous l'impulsion d'« une petite organisation bénévole » : la *British Association of Settlements*. Après des actions très remarquées et une mobilisation médiatique, en juillet 1974, le gouvernement britannique avec dix ans d'avance sur la France crée l'Adult Literacy Resource Agency. « En octobre 1975, la chaîne nationale de télévision, la BBC, entre dans la danse avec la diffusion, à une heure de grande écoute, chaque dimanche soir, de la série "On the Move". L'opération télévisée, qui dura 104 semaines, avait un double but : d'un côté, atteindre directement chez eux des adultes illettrés pour les encourager à sortir de leur isolement supposé [...] de l'autre susciter la mobilisation de formateurs volontaires et bénévoles [...]. À la fin de 1976, plus de 100 000 d'entre eux [des adultes illettrés] avaient été mis en rapport avec des dizaines de milliers de formateurs bénévoles qui s'étaient jetés à l'eau et s'efforçaient tant bien que mal de leur apprendre à lire, écrire et compter » (Jean-Pierre Vélis, *Lettre d'Illettrie*, La Découverte/UNESCO, 1990).

est pourtant flagrante et en 1986[1] l'UNESCO décrète que l'illettrisme est l'appellation française de l'analphabétisme fonctionnel.

À travers sa définition, l'organisme international souligne que ce sont les « activités » nécessitant l'écriture et la lecture qui sont au cœur des enjeux de l'alphabétisation fonctionnelle. La dimension d'utilité sociale et individuelle sous-entend une conception de l'écrit axée vers la multiplicité des actes de lecture et d'écriture, sortant du schéma simpliste de la première définition de 1958 qui évoque la capacité de lire un « texte en rapport avec la vie quotidienne ».

L'UNESCO a tiré les leçons des expériences passées et notamment de l'illusion que portaient les campagnes d'alphabétisation qui avaient la prétention de résoudre sur des temps courts (quelques mois, une année) l'apprentissage de la lecture et de l'écriture des adultes dans les pays du tiers monde. Les campagnes engendraient des compétences inabouties (comme le déchiffrement), qui, peu efficaces, provoquaient un « analphabétisme de retour » : c'est-à-dire une évanescence des compétences acquises. La réflexion sur la relation entre le développement et l'alphabétisation débouche sur le concept d'alphabétisation fonctionnelle et oblige à accroître les ambitions des contenus à transmettre. Elle est à l'origine d'une approche que développera Statistique Canada[2]

1. L'UNESCO a organisé, du 1er au 5 décembre 1986, à Hambourg (RFA) une réunion technique de spécialistes européens sur la prévention de l'analphabétisme fonctionnel et l'intégration des jeunes au monde du travail. Dans le rapport final, au mot « illettrisme » on peut lire cette observation : « Pour la commodité du présent rapport, nous avons choisi de retenir le terme d'illettrisme sans perdre de vue qu'il n'a pas l'universalité à travers les différents pays concernés. »

2. Organisme canadien d'enquêtes démographiques.

et qui consistera à s'interroger sur la maîtrise d'un rapport aux écrits nécessaires, à produire ou à comprendre dans les activités domestiques, professionnelles, sociales ou citoyennes.

La distinction entre analphabétisme et illettrisme (ou analphabétisme fonctionnel) précise la nature même de l'exigence sociale. Savoir déchiffrer ne suffit plus. Il faut maîtriser la lecture et l'écriture afin d'être capable de les utiliser dans la vie courante.

Après l'alphabétisation restreinte et l'alphabétisation de masse, le concept d'illettrisme révèle une nouvelle étape dans le rapport qu'entretiennent nos sociétés à l'écrit : en imposant sa maîtrise comme condition de participation sociale. Cette obligation deviendrait nécessaire à l'insertion des individus, nécessaire mais non suffisante.

La critique politique de la démarche de l'UNESCO à travers la définition de l'analphabétisme fonctionnel (1978)

Cette définition a suscité de nombreuses critiques. Hormis la maladresse qu'il y a à employer un mot dérivé du mot à définir (un analphabète est défini parce qu'il ne peut pas faire ce que peuvent faire les personnes alphabétisées), la critique essentielle s'attache à une question politique. Le contexte international dans lequel s'inscrit l'UNESCO semble contraindre l'organisation à adopter une formulation neutre afin de ne pas être accusée de véhiculer par l'alphabétisation une quelconque idéologie. Ce qui donne la formule : « dans l'intérêt du fonctionnement de son groupe et de sa communauté ». Cette phrase revêt une signification particulière aux yeux de l'alphabétisation militante et révolutionnaire qu'avait connue l'Amérique du Sud à travers l'engagement de Paulo Freire (voir encadré, p. 57). Cette définition, en apparence vidée de toute idéologie, devient aussi réceptacle de tous les excès. Qui décide de l'intérêt du groupe ou de la communauté ? Qui décide de ce qui est bon pour le développement personnel de l'individu[1] ? Les limites du concept d'alphabétisation sont atteintes, qu'elle soit fonctionnelle ou non. En effet, alphabétiser avec la Bible, le Petit Livre rouge, le Coran, les écrits de l'Église de scientologie, ou une quelconque méthode de lecture ne traitant point de religion semble par cette définition être mis à la même enseigne.

---

1. Ces questions sont posées par Ricardo Paseyro dans *Éloge de l'analphabétisme à l'usage des faux lettrés*, Robert Laffont, 1989.

Les normes de l'exigence

L'institutionnalisation de la lutte contre l'illettrisme nécessite le choix d'une définition précise. Déjà, en 1984, dans le rapport au Premier ministre *Des illettrés en France*, les définitions se succèdent. Il s'agit de « normer » l'exigence sociale et de qualifier de façon claire le manque que représente l'illettrisme. Bien que le *isme* d'« illettrisme » connote un concept découlant d'une analyse scientifique, il est avant tout le constat issu du travail social et du militantisme d'ATD Quart Monde. La question de la définition embarrasse les linguistes, les psychologues et les sociologues parce que le concept n'appartient pas directement au champ disciplinaire de ces spécialités. En chargeant des universitaires de la question de la définition, le GPLI exprime une volonté de rendre plus objective son approche, entretenant peut-être l'illusion qu'un concept à l'origine non scientifique allait pouvoir le devenir.

À partir de quel niveau de manque une personne est-elle illettrée ? Comment définir un rapport normal à l'écrit ? Il n'y a rien de plus relatif que la normalité et donc toute définition qui s'attaquerait à la dimension normative séparant les illettrés des non-illettrés conduirait à l'échec. Ainsi, les définitions de l'illettrisme ne permettent jamais d'établir une distinction claire entre ceux qui savent et ceux qui ne savent pas.

Devant cette difficulté — désigner un manque sans pouvoir exactement le qualifier —, le concept d'illettrisme va connaître, au fil des années, de nombreuses variations.

La première évolution est pressentie dans la définition de l'UNESCO de 1978 qui évoque « les activités pour lesquelles l'alphabétisation est nécessaire ». Ces activités mobilisent le champ infini de l'utilisation de l'écrit et font appel à des connaissances dépassant le savoir lire/écrire. Cette définition recouvre le concept de littératie (approche anglo-saxonne[1]) fondé sur une utilisation des écrits qui dépend du contexte. Cette approche ne conçoit pas la lecture et l'écriture comme dissociées de leur environnement culturel. Il s'agit donc d'étendre le savoir à acquérir jusqu'aux logiques de production de ces écrits.

1. Adoptée par l'OCDE ou Statistique Canada.

Une autre proposition sera celle des savoirs de base[1]. L'approche des savoirs de base pose l'hypothèse de défaillances dans la structuration et l'acquisition des connaissances. Cette définition s'intéresse plus à un projet pédagogique, en définissant des contenus propres aux actions de lutte contre l'illettrisme qu'à la qualification du problème social.

Savoirs de base

L'approche des savoirs de base a convaincu en son temps. Le GPLI, en 1991, a même adopté une définition dépassant la question de la lecture et de l'écriture. « Il faut entendre par illettrisme une maîtrise insuffisante des savoirs de base, constitués de l'ensemble des compétences et des connaissances permettant dans différents contextes (familial, social, professionnel, culturel...) :

a) de communiquer avec autrui et son environnement par le langage oral (émis et reçu), la lecture, la production d'écrits ;

b) d'utiliser les outils mathématiques permettant de compter et de mesurer, d'utiliser les opérations d'addition, soustraction, multiplication et division en en comparant le sens, d'envisager les relations de quantité entre elles : fractions, proportions, pourcentages ;

c) de se repérer dans le temps subjectif (se situer par rapport à sa propre histoire, à celle de sa famille, de son groupe social, de son pays, de sa culture), dans le temps objectif (lire l'heure, calculer une durée, comprendre les rapports entre les différentes unités

1. Colette Dartois, *Les savoirs de base*, CQFD, 1993.

de temps : seconde, jour, mois, semestre, année, siècle...) ;

d) de se repérer dans l'espace : situer la droite, la gauche, la droite de l'un qui est la gauche de l'autre quand ils sont face à face..., imaginer les faces cachées d'un volume, considérer un objet de face, de profil, de trois quarts, de dessus..., lire un plan, des cotes, s'orienter sur une carte... »

GPLI,
définition de Colette Dartois
et Dominique Brossier

La question centrale reste : comment circonscrire ces savoirs ? D'autres savoirs que ceux énumérés dans la définition peuvent apparaître aussi comme essentiels : du savoir nager aux multiples savoirs pratiques tels que téléphoner ou conduire une voiture ou encore maîtriser ses émotions... Mais de quelles bases sont ces savoirs ? Dans une acception scolaire, ils apparaissent comme les bases de l'apprentissage. En revanche, concernant l'illettrisme, ils semblent évoquer les connaissances minimales nécessaires à la vie sociale [1]. Les points de suspension omniprésents dans cette définition poussent le concept d'« illettrisme » vers celui d'« ignorance »,

1. « Ce qui est le plus souvent sous-entendu ou désigné par ces termes, ce sont les savoirs ou capacités qui entrent en jeu dans la plupart des activités de la vie quotidienne sociale, économique, professionnelle et dont la non-maîtrise rend difficile la plus simple, apparemment, de ces activités. L'observation et l'analyse d'activités simples nous permettent de classer ces savoirs de base dans quelques grandes catégories principales... » (*ibid.*).

terme que vraisemblablement personne ne souhaite assumer. D'autres diront qu'ils font de l'illettrisme une catégorie fourre-tout. Cette tendance se confirme avec l'apparition des concepts d'« illettrisme scientifique » ou d'« illectronisme [1] » (le fait de ne pouvoir maîtriser les nouvelles technologies...). L'illettrisme perdrait son rattachement à l'écrit et signalerait une carence en matière de savoirs jugés indispensables. Il ne resterait plus alors que la dimension normative du concept. La question spécifique — celle de la place de l'écriture dans nos sociétés et de la contrainte qu'elle fait peser sur les personnes et sur leur organisation sociale — est détournée.

La multiplication des savoirs jugés nécessaires peut aboutir à une qualification paradoxale de l'illettrisme : ainsi, une personne n'ayant pas de difficulté de lecture et d'écriture et qui aurait un blocage en arithmétique (il en existe beaucoup) serait-elle illettrée ? Il apparaît important de conserver la spécificité du concept et sa relation à l'écrit.

Dans l'exercice qui consiste à définir le niveau d'exigence que fixe le concept d'illettrisme, l'approche de Jean Foucambert est celle de l'exigence maximale : « L'illettrisme caractérise l'éloignement des réseaux de la communication écrite, l'absence de familiarité avec les livres et les journaux, l'exclusion des préoccupations et des réponses contenues dans l'élaboration de la chose écrite [2]. » Appliquée à la lettre, cette conception, selon son auteur, regrouperait sous l'appellation d'« illettrés » entre 75 et 80 % de la population française. L'usage réel de l'écrit serait encore aujourd'hui réservé à l'élite des gou-

1. Catherine Trautmann, ministre de la Culture et de la Communication (Source 01 Informatique, n° 1509, 24/9/1998).
2. Jean Foucambert, « L'illettrisme : réalité, causes et remèdes », *L'École et la Nation*, n° 391, juin 1988.

vernants et hommes de pouvoir (cadres, intellectuels...). L'école ne remplirait alors qu'une fonction d'alphabétisation, phase nécessaire pour permettre l'accès à l'écrit mais non à sa maîtrise. Cette idée est à rapprocher d'une position qu'avait adoptée Claude Lévi-Strauss sur l'alphabétisation des tribus[1] d'Amazonie, les Nambikwara, qui n'aurait qu'un seul but : pouvoir affirmer qu'une fois capables de lire, les Indiens ne peuvent nier la loi. L'alphabétisation, au sens le plus pauvre, ne serait alors que l'outil d'un asservissement. La critique la plus précise de ce passage de *Tristes tropiques* fut formulée par Jacques Derrida[2] qui, tout en reconnaissant le fondement probable de l'approche de Lévi-Strauss dans un contexte post-colonial, ne peut accepter la généralisation de ses propos et considérer l'écriture par elle-même comme fondatrice de l'oppression. Louis-Jean Calvet soulignera l'amalgame de Lévi-Strauss entre la loi et l'oppression et, comme Jacques Derrida, il montrera le présupposé rousseauiste des arguments du grand anthropologue : « l'écriture est une des formes du pouvoir. Mais cela ne nous permet nullement d'assimiler écriture à oppression et oralité à liberté, ou à bonté originelle[3] ».

L'idée de la confiscation du pouvoir par ceux qui maîtrisent l'écrit se retrouve d'une autre manière chez Paulo Freire (voir encadré), qui accusait les enseignants eux-mêmes de détourner le système scolaire au profit de leur progéniture — les enfants d'en-

1. Claude Lévi-Strauss, *Tristes tropiques*, Plon, 1955, le chapitre concerné s'intitule « La leçon d'écriture ».
2. Jacques Derrida consacre un chapitre à la « leçon de lecture » de Claude Lévi-Strauss dans *De la grammatologie, op. cit.*
3. Louis-Jean Calvet, *La tradition orale*, PUF, coll. « Que sais-je ? », 1984.

seignants réussissant mieux que les autres enfants —, leur reprochant de ne point assumer leur capacité à changer radicalement les règles de la société, mais plutôt de l'accepter et d'y prendre, par procuration, le pouvoir. La compréhension de l'illettrisme ne passe sans doute pas par la dénonciation d'une caste ou d'une profession. Les positions radicales de Jean Foucambert, qui tendent à chercher les boucs émissaires de l'ignorance du côté d'hypothétiques oppresseurs, ont le mérite de pointer la relativité de l'exigence dans le rapport à l'écrit. Celle-ci reste dépendante des pratiques culturelles à un moment donné et pour un groupe social donné[1] et semble à l'opposé d'une proposition récurrente d'un minimum culturel exigé, une sorte de « kit de survie » comme l'avaient formulé certains. Un tel minimum irait à l'encontre d'une politique globale d'éducation puisqu'il semblerait implicitement admettre qu'acquérir des connaissances peut être une question socialement réglée une fois pour toutes. Plutôt que de viser un inventaire fini des connaissances qui serait de toute façon illusoire, il apparaît plus sage de ne rien sacrifier aux capacités favorisant les apprentissages : lire, écrire, calculer, mémoriser... L'idée de minima risquerait de réduire l'ambition de l'enseignement.

Paulo Freire

Paulo Freire (1921-1997) est un pédagogue brésilien qui est à l'origine d'une démarche d'alphabétisation dont l'objectif est de libérer de l'exploitation économique et de l'aliénation sociale. Il dénonce l'école, qui

1. La littératie vise par exemple l'autonomie sociale.

se réfugie derrière des enseignements techniques et décontextualisés, et donc élude ainsi le débat politique. Pour Freire, les enseignants brésiliens des années 60 ont, pour la plupart, démissionné de l'engagement politique, pour n'être plus que les instruments de reproduction d'un système qui leur échappe. L'incitation à rompre avec la neutralité sociale de l'enseignement lui vaudra certes un grand succès populaire et une grande efficacité d'action, mais le conduira aussi en prison, lors de l'arrivée du gouvernement militaire en 1964. Il s'exile ensuite au Chili, où il s'investit à nouveau dans l'enseignement des adultes. Son programme est retenu alors par l'UNESCO. Sa renommée deviendra internationale. Freire propose un système théorique complet qui a comme objectif de faire acquérir une conscience critique aux plus démunis. Cette conscience critique doit être l'instrument du changement social.

Principaux ouvrages parus : *Pédagogie des opprimés*, Maspéro, 1969 ; *Education for Critical Consciousness*, New York, Seabury, 1973 ; *Pedagogy in Process*, New York, Seabury, 1978.

La question de la définition de l'illettrisme est donc récurrente, même si elle est souvent mal posée. La multiplicité des situations conduit certains auteurs à penser qu'il existe en fait plusieurs illettrismes. Il faut pourtant se garder de faire l'amalgame entre expliquer et définir. Dans la recherche des causes de l'illettrisme, c'est évidemment la diversité des parcours qui sera mise en évidence (langue parlée en famille, dyslexie, échec scolaire, traumatisme...). La définition, quant à elle, s'attache au dénominateur commun minimal. Son utilité n'est pas d'expliquer mais de circonscrire. Cela permet, un temps, de stabiliser son sens afin de le partager. C'est de ce partage que peut naître un travail plus précis. Les définitions de l'illettrisme et de l'analphabétisme de Jean-Marie Besse, Benoît Falaize et Francis Andrieux, adoptées par le GPLI en 1995[1], reprennent les points essentiels de la réflexion.

Illettrisme: situation des personnes qui ont été scolarisées, mais qui ne maîtrisent pas suffisamment l'écrit pour faire face aux exigences minimales requises dans la vie professionnelle, sociale, culturelle et personnelle. Ces personnes, qui ont été alphabétisées dans le cadre de l'école, sont sorties du système scolaire en ayant peu ou mal acquis les savoirs premiers pour des raisons sociales, familiales et fonctionnelles, et n'ont pu user de ces savoirs et/ou n'ont jamais acquis le goût de cet usage. Il s'agit d'hommes et de femmes pour lesquels le recours à l'écrit n'est ni immédiat, ni spontané, ni facile, et qui évitent et/ou appréhendent ce moyen d'expression et de communication.

Analphabétisme: situation des personnes qui n'ont jamais eu l'occasion d'apprendre un code écrit dans aucune langue que ce soit.

Une définition recentrée sur la maîtrise de l'écrit permet d'envisager précisément les valeurs symboliques qui accompagnent ces savoirs, emblématiques des rapports au langage, aux autres savoirs, à l'école et au travail. Si l'écrit n'est qu'une technique visuelle de transmission des messages linguistiques, il établit souvent la norme de référence de l'expression langagière. Il est le passage obligé de l'acquisition des règles (grammaticales, orthographiques, d'argumen-

1. *De l'illettrisme. État des lieux de la recherche universitaire concernant l'accès et le rapport à l'écrit*, ministère du Travail, 1995.

tation, rhétoriques...), qui permettent à leur tour le renforcement de la compétence linguistique, et notamment une meilleure prise en compte de l'autre dans la construction de ses propos. L'écrit fournit des « outils » aidant la pensée : à travers les listes, tableaux, schémas... Il permet de déléguer l'effort de la mémoire à l'espace de la page. Il est, de fait, l'instrument privilégié de l'acquisition des connaissances.

Les performances en lecture et en écriture renseignent également sur le déroulement de la scolarité. Dans le cadre de contrainte qu'offre l'école, être illettré signifie avoir traversé le système scolaire sous la constante demande d'actes de lecture et d'écriture. Ce renforcement dans l'échec laisse envisager l'hypothèse de blocages majeurs des capacités d'apprentissage.

Pour traiter de l'illettrisme au niveau d'un pays ou d'un vaste groupe social, il semble impossible de « normer » dans l'absolu le degré d'exigence. Celui-ci n'existe que par rapport à un contexte donné. En revanche, les capacités de lecture et d'écriture peuvent être estimées précisément. Une description psycholinguistique des performances en lecture et en production d'écrit permet de hiérarchiser les capacités des individus. Toutefois, la définition d'un seuil séparant les personnes en situation d'illettrisme des autres reste un choix normatif dont les motivations sont à surveiller.

L'approche qui consiste à établir des seuils en fonction des écrits qu'exigerait la société dans ses diverses dimensions (domestique, économique, sociale, culturelle...) pose le problème d'une norme relative (voire arbitraire). Elle relève d'un choix politique, comme dans le cadre des évaluations de l'OCDE, dont les présupposés sont ceux du développement économique. Ces évaluations répertorient des écrits auxquels sont confrontées les personnes actives (insérées et productives), et mesurent les capacités à les utiliser.

Pour comprendre la relativité de ces seuils, considérons la seule question de la lecture. La psychologie travaille depuis longtemps sur la description des habitudes cognitives qui la structurent et la rendent efficace. Le socle fondateur de la compétence du lecteur est l'identification de mots. Elle résulte soit de l'assemblage des lettres (ou des graphèmes[1]) afin d'accéder à leur sens (voie alphabétique), soit du produit d'une reconnaissance globale de l'image orthographique du mot (voie orthographique). L'identification de mots, pour être efficace, doit être inconsciente et automatique, et cela dans les deux voies. Elle n'est plus un souci pour un véritable lecteur qui peut se consacrer à la construction du sens. D'un lecteur à l'autre, cette capacité à identifier les mots diffère. Elle est dépendante des lectures passées, qui ont forgé les habitudes cognitives. Il existe[2] des critères objectifs qui définissent l'accès aux mots : leur fréquence, leur longueur et leur complexité graphophonologique[3]. Ces trois critères permettent de situer le niveau de performance des lecteurs : ainsi les mots très fréquents, courts et de composition simple[4] défi-

1. Les graphèmes sont des lettres qui, combinées, correspondent à une unité phonologique : exemple « ou » se prononce [u].

2. Jésus Alegria, « Mécanismes spécifiques de la lecture : l'identification de mots écrits », *in* A. Bentotila (sous la dir. de), Entretiens Nathan, Actes n° I, 1990.

3. Par graphophonologie on entend le rapport qu'entretient le mot avec son équivalent oral : par exemple, le rapport « une lettre pour un son » est jugé simple. Un surcodage en clair des sons engendre une difficulté supplémentaire : « eau », « ault » pour le son [o].

4. C'est-à-dire faisant alterner les consonnes et les voyelles ou l'inverse, ou encore n'ayant pas une orthographe atypique.

FIGURE 3

Exemple des critères conditionnant l'identification des mots

Mots cumulant les critères de facilité : mots courts, fréquents et simples	Mots cumulant les critères de difficulté : mots longs, peu fréquents et complexes
Vélo	Antinaupathique
Pizza	Géostationnaire
Café	Anthropomorphisme

nissent un seuil « d'entrée » dans l'identification de mots, car ils rassemblent les caractéristiques facilitant le plus leur lecture. Ce seuil constitue la frontière entre analphabètes (en deçà) et illettrés (au-delà).

Le passage du concept de l'analphabétisme à celui de l'illettrisme témoigne de l'évolution d'une conception binaire du rapport à l'écrit (savoir / ne pas savoir), à une conception graduelle faisant référence à des compétences de divers ordres. Une conception de la lecture pour laquelle l'identification de mots permettrait l'accès à l'écrit a été détrônée par une autre conception qui prend en compte la diversité des écrits et la multiplicité des codes et conventions qui les organisent.

Les lecteurs ne s'affranchissent donc pas seulement du code des lettres ; au fil de leur lecture, d'autres codes sont identifiés, mémorisés et automatisés.

Pour catégoriser ces codes, deux grands ensembles sont issus des traditions forgeant l'écriture : le texte d'un côté, représentation du discours, et de l'autre les modes de classement de l'information, représentation de la mémoire. Le seuil séparant les illettrés des non-illettrés pourrait s'établir sur la maîtrise de ces codes supplémentaires.

Une lecture déficiente permet souvent d'identifier les mots sans pour autant accéder au sens global de la phrase ou du texte lu. La compréhension est conditionnée par la capacité à mobiliser une « écoute silencieuse » du texte, écoute de la voix intérieure que permet l'identification des mots et sur laquelle le lecteur doit mobiliser son attention. Celle-ci varie au cours de la lecture. Sa fluctuation dépend non seulement des dispositions de la personne à recevoir un message, mais aussi de la nature même des écrits. Les textes ne sont pas dépourvus des contraintes de l'orateur qui doit maintenir l'attention de son auditoire. Pour cela, des formes rhétoriques organisent son sens afin de guider le lecteur dans ses attentes[1]. L'implication dans la lecture s'appuie sur le fait que les attentes sont normalement satisfaites, c'est-à-dire que l'avancée dans le texte apporte la clé de sa signification.

Les codes concernant les modes de classement de l'information peuvent être regroupés en deux types : les discriminants visuels et le classement logique. Les discriminants visuels concernent tous les indices graphiques mettant en valeur une information : gras, italique, souligné, taille des caractères, police, dessin, encadrés, paragraphes... Le classement logique

1. Ces formes rhétoriques dépendent des types de discours : narration, explication, dialogue, argumentation, description... Dès l'identification du type de texte, le lecteur projette les schémas typiques auxquels il aura été confronté (schéma narratif, descriptif, argumentatif...). La construction du sens est une résolution de problème, qui n'apparaît pas comme telle tant qu'elle n'est pas en échec.

regroupe toutes les stratégies d'organisation de l'information écrite qui se fondent sur une gestion conventionnelle de l'espace graphique : les listes, les tableaux, les organigrammes, les nomenclatures, les index, l'ordre numérique ou alphabétique, les rubriques... Il s'agit ici de considérer la méconnaissance de ces conventions ou l'incapacité à les utiliser.

Ces difficultés d'ordre plus complexe, aussi bien pour la lecture de textes que pour la recherche d'information, peuvent trouver leur source dans une identification de mots peu efficace, c'est-à-dire faiblement automatisée et demeurée consciente.

La capacité d'affronter les écrits dans leur diversité constitue ce qu'Alain Bentolila appelle la polyvalence des lecteurs. Nombre de personnes sont capables de lire certains écrits et demeurent en échec devant d'autres, révélant des rigidités dans les habitudes de lecture.

Aucun seuil d'illettrisme ne peut être formulé de façon simple. Certaines activités cognitives impliquées dans la lecture permettent de distinguer de grandes capacités. Des seuils d'efficacité de l'identification de mots et de la compréhension de phrases peuvent être ainsi envisagés. D'autres indices comme la compréhension de textes, ou la capacité à mener une recherche d'information à travers des listes alphabétiques ou des tableaux à double entrée, permettent de cibler de manière moins précise un certain accès à l'écrit. Au-delà de ces quelques repères, l'exigence devient toute relative. À travers l'étude et la mesure des capacités qui fondent le savoir lire, c'est la potentialité d'accès à l'écrit qui devrait être cernée.

CHAPITRE II

LA DIFFICILE MESURE DE L'ILLETTRISME

Combien y a-t-il de personnes illettrées en France ? La réponse à une telle question n'est pas simple. Les définitions générales présentées précédemment sont difficiles à traduire en chiffres. Les estimations sont donc très variables.

À l'instabilité de la statistique s'ajoutent les affrontements sur le terrain politique. Une fois publiés, les chiffres de l'illettrisme ont souvent été l'objet de manipulations. Minimisés, ils reflètent un hypothétique seuil incompressible d'illettrés que produirait un système scolaire ; maximisés, ils dénoncent l'échec scandaleux du travail de l'Éducation nationale.

Ces estimations, malgré leurs fluctuations, ont eu comme utilité de « frapper l'opinion publique », favorisant sa sensibilisation au problème. Mais les chiffres contradictoires ont aussi brouillé sa perception, sacrifiant au sensationnel et à l'alarmisme la compréhension du phénomène.

Aucune estimation chiffrée n'a réellement conditionné l'action politique. Les démarches quantitatives ont fréquemment été critiquées, jugées peu fiables ou même inutiles. Toutefois, des indicateurs existent avec leurs qualités et leurs défauts. Plutôt que de s'en défier, il semble intéressant de comprendre les méthodes d'évaluation et leurs limites.

La complexité du dénombrement

À quoi servent les statistiques ? À rien, répondent, découragés, certains bénévoles de la lutte contre l'illettrisme, pour lesquels les moyens sont toujours aussi rares, malgré les effets d'annonces qui suivent les publications sur le nombre d'illettrés.

Elles servent à faire exister un problème social dont les contours flous discréditent la pertinence, répondraient certains sociologues, qui dénoncent dans un amalgame commode la quantification comme l'instrument de la stigmatisation et donc de la mise à l'écart d'une population méprisée.

Les propos du rapport fondateur du GPLI, *Des illettrés en France*, sont plus ambigus encore : « La question du dénombrement n'est pas primordiale sinon pour frapper l'opinion publique. Tout ce rapport tend à montrer que le phénomène est important : le mesurer avec précision, tâche provisoirement impossible, ne saurait dissuader d'agir [...] l'incertitude sur les nombres ne saurait être un motif pour hésiter sur les actions[1]. » Une des conclusions du rapport est la suivante : « Le taux des analphabètes complets est certainement faible : en revanche, on peut affirmer que le nombre de personnes qui ne maîtrisent pas la lecture ou l'écriture ou sont gravement gênées pour utiliser celles-ci doit se compter par millions plutôt que par centaines de mille[2]. »

1. Véronique Espérandieu, Antoine Lion et Jean-Pierre Bénichou, *Des illettrés en France, op. cit.*
2. *Ibid.*

Ces propos résument la relation paradoxale entre la mesure et l'action de l'État. La question du dénombrement est pourtant primordiale pour estimer les moyens d'action, les coûts et l'efficacité des interventions. Les auteurs repoussaient le travail de quantification à une promesse de recherche, mais évoquaient toutefois l'aspect massif de l'illettrisme. Cet appel à la confiance intuitive, sur la seule base d'un exposé crédible, a suffi à entériner la gravité de la question. Mais, malgré les promesses, il n'y a jamais eu, en quinze ans, de politique forte dans ce domaine. Des évaluations quantitatives ont bien été financées par le GPLI, mais elles ont toujours été considérées comme des études « extérieures » dont les résultats, au lieu d'être relayés, furent plutôt critiqués. Pourtant, la statistique, instrument politique, aurait dû intéresser l'institution au premier chef.

Un écho de ce choix politique est présent dans l'ouvrage de Véronique Espérandieu et Jean Vogler qui proposent, au nom d'un « renouveau du champ social », de « dépasser » la question de la statistique[1]. Invoquant les travaux de Pierre Rosanvallon sur l'exclusion et l'impossibilité de la comprendre à travers les indicateurs statistiques classiques (âge, sexe, situation géographique...), ils projettent sur l'illettrisme un raisonnement identique (même s'il semble nécessaire de ne pas amalgamer les deux phénomènes) : sa meilleure compréhension résulterait plus de l'étude des histoires personnelles que de l'exploitation de données chiffrées. S'il est vrai que les statistiques n'ont jamais remplacé les analyses de parcours, celles-ci ne peuvent à l'inverse informer sur l'importance du phénomène. Si Pierre Rosanvallon insiste

1. Véronique Espérandieu et Jean Vogler, *L'illettrisme*, Flammarion, coll. « Dominos », 2000.

sur l'insuffisance des indicateurs statistiques pour fournir des éléments de connaissance concernant l'exclusion, il ne semble pas clore la question, soulignant, par exemple, les innovations nécessaires à mettre en œuvre[1]. Il ne s'agirait alors plus d'abandonner l'approche statistique mais d'encourager son évolution.

Avant donc de « dépasser » la question statistique, il faudrait d'abord l'avoir correctement posée. Le débat social sur l'illettrisme ne peut se contenter d'indicateurs partiels permettant rarement les comparaisons et laisser ainsi régner les appréhensions subjectives et les arguments peu vérifiables. Les statistiques contribuent à faire prendre conscience des mutations sociales en créant une vision globale d'un phénomène que chaque individu ne peut appréhender que partiellement. Elles constituent un outil de décision pour les responsables politiques, les élus comme pour l'ensemble des citoyens. En France, aucun indicateur de l'illettrisme sérieux, durable, indépendant des grands acteurs de formation et décrivant l'ensemble de la population française n'a jamais été mis en place. Ce retard est aujourd'hui important comparativement à de nombreux pays, notamment aux autres pays de l'OCDE, qui progressent dans ce domaine. On regrettera que le débat scientifique français soit resté embryonnaire, s'entachant trop rapidement de petites polémiques et de jeux d'influence. Tout reste donc à bâtir.

Les chiffres ici utilisés présentent quelques points de repère dans une analyse globale du phénomène qui paraît incontournable. Mais pour bien comprendre la valeur des estimations, il semble nécessaire de

1. Pierre Rosanvallon, *La nouvelle question sociale. Repenser l'État-providence*, Seuil, coll. « Points essais », 1995.

présenter quelques points clés de la constitution des indicateurs statistiques.

La mesure de l'illettrisme soulève maintes questions. Une approche naïve consisterait à simplement demander aux personnes si elles éprouvent des difficultés à lire ou à écrire. L'expérience a été réalisée et les réponses ont été confrontées, quelques semaines après les déclarations, à une évaluation des performances en lecture. Une de ces enquêtes se déroulait auprès des bénéficiaires du revenu minimum d'insertion (RMI). Il a été alors constaté que plus des deux tiers des personnes ayant des difficultés à lire des mots avaient déclaré quelques semaines auparavant ne pas avoir de problèmes de lecture[1]. En soulignant la honte qu'ont les personnes illettrées de leurs lacunes, ATD Quart Monde entrevoit dans la négation des difficultés une certaine «dissimulation». Mais, en fait, peu de personnes semblent concernées par cette description, qui convient plus aux personnes analphabètes[2] qu'à celles en situation d'illettrisme.

Les entretiens concernant l'obtention du RMI et la mise en place du parcours d'insertion qui l'accompagne encouragent habituellement les bénéficiaires à manifester leurs besoins, les faisant faire quelquefois abstraction de certaines pudeurs. On pourrait alors s'attendre à ce que les personnes signalent leur difficulté à traiter des écrits. Ce ne fut pas le cas, les

1. A. Bentolila et J.-P. Rivière, *Enquête RMI*, rapport du ministère des Affaires sociales, Délégation interministérielle au revenu minimum d'insertion (DIRMI), GPLI, 1994.

2. Les statistiques du ministère de la Défense ont permis de quantifier les jeunes échappant au système scolaire (et donc analphabètes pour la plupart). Ce chiffre entre 1985 et 1998 était en moyenne de 0,7 % des jeunes garçons passant les épreuves des anciens «trois jours».

faibles performances en lecture dont elles faisaient preuves attestaient, à leurs yeux, d'une capacité de lecture constituée. Déchiffrer des mots, même de façon laborieuse, rend possible un accès au sens des écrits. Il est alors envisageable de deviner, d'inférer du sens par association et de contourner les difficultés afin de compenser ses faiblesses. L'accès parcellaire au sens crée l'ambiguïté : ces personnes ont des preuves quotidiennes de leur savoir lire à travers les supports les plus simples : étiquettes, panneaux, titres de journaux... Elles semblent non conscientes de leurs difficultés face aux écrits [1] et les réfutent. Elles admettent avoir des problèmes, invoquant alors des catégories scolaires comme le français et notamment l'orthographe ou les mathématiques, mais même lorsque la lecture est ânonnée, celle-ci apparaît rarement comme le problème central. La capacité de déchiffrement semble suffire, même si elle ne permet pas de comprendre un texte court ou d'utiliser un tableau à double entrée.

La question des capacités de traitement des écrits directement posée a toujours fait apparaître une frange de la population exclue de la lecture et de l'écriture et qui se reconnaissait en tant que telle : les analphabètes. En effet, à l'opposé des illettrés, les analphabètes, dans l'incapacité d'accéder au sens parce que ne possédant pas les clés rudimentaires de l'identification de mots, ont une relation à l'écrit

1. L'enquête internationale EIAA (1994-1995) arrive à des conclusions semblables. Les résultats de l'enquête ont été publiés dans deux ouvrages : *Littératie, économie et société. Résultats de la première enquête internationale sur l'alphabétisation des adultes*, Paris-Ottawa, OCDE-Statistique Canada, 1995 ; *Littératie et société du savoir. Nouveaux résultats de l'enquête internationale sur les capacités de lecture et d'écriture des adultes*, Paris-Ottawa, OCDE-Statistique Canada, 1997.

claire: ils savent qu'ils ne savent pas. Ne pouvant s'appuyer sur l'esquisse d'une capacité, déduire le sens d'un écrit leur est impossible. Ainsi, une enquête s'appuyant sur des données déclaratives a toutes les chances de cibler uniquement la population des analphabètes (c'est-à-dire moins de 1 % d'une classe d'âge selon les données du service national)[1].

L'une des principales difficultés de la lutte contre l'illettrisme est donc l'identification des publics. Le repérage des difficultés est un enjeu crucial car il existe un malentendu dans la représentation même de ce qu'est « savoir lire ». C'est ce malentendu qui bloque tout retour vers la formation.

Les quantifications directes, fondées sur des tests, sont alors inévitables pour établir la mesure. Mais, tout comme les approches psychométriques[2], même s'il ne s'agit pas de chiffrer l'intelligence, les tests de lecture et d'écriture sont mal perçus. Il existe toujours une part de refus non négligeable, refus dont l'expérience montre qu'il n'est souvent pas le fait des personnes en difficulté, mais plutôt des personnes sachant lire et écrire et qui s'offusquent de la simplicité de certains exercices.

Toute démarche quantitative est une construction de données. Pour l'illettrisme, et devant la multitude des approches, il est important de bien percevoir quels sont les principes et définitions qui ont été adoptés.

Il est courant, par exemple, d'exclure les personnes relevant de handicaps physiques et mentaux des grandes enquêtes nationales. Cette exclusion conduit

1. Le recensement de 1946, fondé sur les déclarations, faisait ressortir 3,6 % d'analphabètes de 14 ans et plus (source: *Des illettrés en France, op. cit.*)
2. Comme les tests du quotient intellectuel, par exemple.

malheureusement à priver ces publics minoritaires d'une problématique sociale qui les concerne pourtant. On peut déplorer ainsi la misère culturelle de nombreuses personnes handicapées relevant des structures d'aide par le travail et qui sont de manière flagrante en situation d'illettrisme[1]. Cette situation est entretenue sous le prétexte d'une incapacité d'apprentissage qu'une approche pédagogique adaptée pourrait contourner.

À cet égard, Roger Girod[2] distingue pour l'analphabétisme et l'illettrisme les cas spéciaux et les cas ordinaires. Les cas spéciaux relèvent de handicaps ayant gêné ou empêché l'acquisition du savoir lire/écrire. Ces handicaps peuvent également avoir provoqué l'oubli de ces savoirs (lésion cérébrale, gâtisme, cécité, surdité, troubles mentaux...). Ces cas concernent également les personnes n'ayant appris le français que tardivement. Pour l'illettrisme « ordinaire », les causes se situeraient essentiellement dans un parcours d'apprentissage qui se serait mal déroulé (voir chap. III).

Dans les années 80, la question du handicap mental comme celle du « français langue étrangère » étaient écartées de la problématique. L'illettrisme cherchait alors sa spécificité en tant que « nouveau phénomène social » et ne pouvait puiser dans les publics qui possédaient déjà des structures répondant à leur difficulté[3]. Il semble nécessaire aujourd'hui de remettre en cause ces clivages.

1. J.-P. Rivière, D. Cohen, D. Chauvin, N. Hambourg, O. Lanthier *et alii*, « L'illettrisme chez l'adulte déficient intellectuel : résultats préliminaires d'une étude pilote », *Neuropsy*, vol. XIV, n° 5, novembre-décembre 1999.
2. Roger Girod, *L'illettrisme*, PUF, coll. « Que sais-je ? », 1997.
3. Pour une analyse critique de l'apparition du problème social de l'illettrisme et son autonomisation, voir B. Lahire, *L'invention de l'illettrisme*, La Découverte, 1999.

Du point de vue des actions de terrain, qui brassent l'ensemble de ces publics, réserver le concept d'illettrisme aux personnes ayant un quotient intellectuel supérieur à 80 (80 définissant habituellement le seuil de normalité mentale), et ayant le français comme langue maternelle est une simplification caricaturale.

En outre, il semblerait que l'acquisition des mécanismes fondamentaux de la lecture est possible pour les personnes ayant au moins 65 de QI[1]. Ce qui conduit à s'interroger sur la validité de leur exclusion dans la définition du phénomène social.

Les exemples de lecteurs et de scripteurs efficaces et ayant appris le français tardivement étant légion, leur exclusion non justifiée de certaines études sur le sujet peut également poser question.

Les statistiques présentées ici, notamment celles du ministère de la Défense, ne tiennent pas ou peu compte de ces populations[2], il serait toutefois erroné d'en conclure que l'illettrisme ne les concerne pas.

Des méthodes en construction

Deux approches permettent de cerner les populations en difficulté de lecture et d'écriture. Les mesures directes et les mesures indirectes (voir p. 98-106). Les « mesures directes » s'appuient sur l'administration de tests. Ceux-ci concernent le plus souvent la lecture (plus simple à gérer dans une évaluation mas-

1. J.-P. Rivière, D. Cohen, D. Chauvin, N. Hambourg, O. Lanthier *et alii*, « L'illettrisme chez l'adulte déficient intellectuel : résultats préliminaires d'une étude pilote », *op. cit.*

2. Pour des raisons liées aux contraintes de la conscription : être de nationalité française et être potentiellement mobilisable en cas de conflit.

sive), l'orthographe et quelquefois le calcul. L'évaluation des capacités de rédaction demeure le parent pauvre de ces démarches. Les mesures indirectes consistent pour l'essentiel à utiliser les indicateurs du système scolaire (niveau scolaire, diplôme...) afin d'estimer les populations à risque.

Les mesures directes de l'illettrisme émanent en général de deux types de sources : des enquêtes ou des dispositifs administratifs. Ces modes de dénombrement ont chacun leurs contraintes, leurs avantages et leurs inconvénients. Une enquête consiste à étudier, sur une population échantillonnée, les performances en lecture et en écriture (voire en calcul). Elle s'en tient essentiellement à l'observation du phénomène alors qu'un dispositif s'appuie sur l'évaluation pour identifier des personnes en situation d'illettrisme et les orienter vers un enseignant, un formateur ou un bilan de compétence plus précis. Il s'inscrit ainsi directement dans l'action de lutte contre l'illettrisme. Le dispositif profite d'un passage obligé des publics pour des raisons administratives (inscription au RMI, circuit d'arrivée dans une maison d'arrêt...) ou de citoyenneté (à travers la journée d'appel de préparation à la défense ou encore les anciens trois jours de sélection du service national). Toutes les personnes concernées par ces démarches sont donc susceptibles d'être évaluées. Grâce à un réajustement statistique, il est possible de généraliser à d'autres groupes les observations faites dans le cadre des dispositifs[1].

En France, les centres de sélection des armées ont

1. Par exemple, tous les jeunes n'étaient pas des conscrits, mais il était tout de même possible d'estimer pour les jeunes hommes, conscrits ou non, le niveau de difficulté en lecture grâce à un ajustement de la population évaluée sur les caractéristiques de la jeunesse masculine française.

permis de 1990 à 1996 l'identification de milliers de jeunes hommes en difficulté de lecture. Ainsi, en 1995, les centres de sélection des armées voyaient chaque année environ 350 000 jeunes hommes — de nationalité française, âgés de 18 à 23 ans (étaient exclues les personnes incarcérées et handicapées). Les résultats sont éloquents : selon Alain Bentolila, 8 % de jeunes sont en situation d'illettrisme et un ensemble de 12 % de jeunes connaissent des difficultés réelles mais n'empêchant pas l'accès au sens d'un texte[1].

En octobre 1998, la journée d'appel de préparation à la défense a pris le relais, se substituant aux anciens « trois jours » de la conscription. Il s'agit aujourd'hui d'un dispositif plus massif puisqu'il concerne une entière classe d'âge — il s'adresse depuis avril 2000 aux garçons comme aux filles[2]. Ainsi, sur la période de septembre 1999 à juin 2000, près de 320 000 jeunes auront participé à la JAPD. À terme, la participation avoisinera les 700 000 jeunes par an.

Autres sources d'informations directes : les mai-

1. Moins de 1 % des jeunes adultes étaient analphabètes ; 3 % ne dépassaient pas la lecture d'un mot simple isolé ; 4 % étaient limités à la lecture de phrases simples isolées ; 12 % n'étaient capables que de la lecture superficielle d'un texte court et simple ; 80 % avaient la capacité de lire un texte de façon approfondie (source : Direction du service national et université Paris V).

2. Si l'assiduité à la sélection militaire bénéficiait d'une lourde contrainte puisqu'on pouvait aller jusqu'à l'arrestation de la personne, la JAPD ne bénéficie, quant à elle, que d'une contrainte administrative : le certificat de participation est requis pour l'obtention de tout permis ou diplôme (permis de conduire, bac...). La participation est jusqu'alors difficile à estimer puisque les jeunes ont jusqu'à 25 ans pour régulariser leur situation. Les chiffres définitifs de participation ne seront donc disponibles qu'en 2006. Pour plus de précisions, voir *Bilan d'activités 1998-1999* et *1999-2000* de la JAPD.

sons d'arrêt. En 1993, celles-ci ont intégré à leur circuit d'arrivée une logique de dépistage. La Protection judiciaire de la jeunesse envisage de développer cette approche après une expérimentation encourageante en région parisienne.

La qualité du recueil de données repose, bien entendu, sur des principes théoriques et sur la technicité des tests, mais également sur le personnel et sur la précision de l'échantillonnage. Lorsque les centres de sélection des armées ont voulu distinguer et orienter les jeunes illettrés, un test spécifique a été ajouté dans une organisation qui avait pour mission première de définir l'aptitude au service national. Cette mobilisation particulière autour d'une évaluation s'est retrouvée dans le dispositif des maisons d'arrêt. Le circuit d'arrivée des détenus a été réorganisé pour y inclure l'identification des détenus en situation d'illettrisme. Cette greffe d'activité dans une organisation déjà définie n'est pas sans poser des problèmes : sans une politique interne de formation, sans un retour concret des résultats de l'orientation, la nouvelle mission peut être mal perçue, voire rejetée. Certains blocages récurrents méritent d'être notés car ils expliquent en partie les difficultés d'organisation de l'identification des publics en situation d'illettrisme.

Fréquemment, les surveillants de maison d'arrêt ou les militaires engagés, voire les assistantes sociales, avaient l'impression d'assumer la mission d'un autre : celle d'un enseignant. Cette crise de l'identité professionnelle s'est quelquefois accompagnée de rejet violent. C'est pourquoi, en maison d'arrêt, des enseignants de l'Éducation nationale ont le plus souvent pris en charge cette tâche, alors que dans un premier temps, il avait été envisagé de mobiliser tous les acteurs (surveillants, personnels socio-éducatifs, volontaires d'associations).

L'amalgame courant entre « illettrisme » et « analphabétisme » a pu provoquer également une certaine démobilisation. Si cela n'était pas défini au départ, pour le sens commun, un illettré ne sait ni lire ni écrire. Pensant être confrontées à une incapacité totale ou quasi totale, les personnes en charge de l'évaluation constataient avec stupeur que quelques réponses étaient justes ; la gravité des déficits s'en trouvait immédiatement minimisée. Les erreurs étaient alors interprétées comme des fautes d'inattention ou encore des défaillances ponctuelles sans conséquences. Les tests pouvaient être perçus comme noircissant la réalité et fabriquant de manière artificielle l'illettrisme. Il va sans dire que les résultats s'en trouvaient altérés.

Le manque de formation rend peu à même de déceler des stratégies d'évitement : les personnes illettrées pouvaient déclarer avoir mal aux yeux, avoir oublié leurs lunettes, elles affirmaient s'être foulé le poignet et ne pas pouvoir écrire. L'illettrisme se masque aisément aux yeux des personnes non averties et peut devenir difficilement décelable.

Toute mesure nécessite des consignes strictes. Des cahiers explicatifs et des formations accompagnent les tests afin de normaliser les pratiques. Il s'agit de standardiser la présentation et de régler l'ensemble des détails importants pour la quantification : respect de l'ordre des épreuves, des tâches à effectuer, de l'encodage des réponses, etc. Un regard critique et souvent naïf sur l'ensemble des tests peut provoquer des déviances notables. Lire et écrire étant des activités largement partagées, il peut arriver que certains réinventent l'évaluation en estimant que leur manière de faire sera plus juste ou plus efficace. Des adaptations dans la présentation des tests peuvent générer des taux inhabituels de refus et alléger considérablement le travail...

Il est également arrivé que les tests de lecture et d'écriture soient mal perçus par les personnes en charge de leur administration car ces personnes se sentaient en difficulté face à ces mêmes épreuves. Aucun test ne dira si ces difficultés étaient effectives ou bien si la peur d'être elles-mêmes évaluées l'emportait sur la réelle compétence.

Le rôle de celui qui interroge n'est jamais neutre. Certaines variations sur des tests passés « en face à face » ont des écarts de résultats qui dépendent plus des personnes qui interrogent que de celles qui sont testées. Pourtant, intervenir à bon escient permet à l'évaluation d'améliorer son efficacité et notablement la précision des résultats. La formation est donc cruciale, et si les personnels ne peuvent être correctement formés, il est alors indispensable de réduire leur rôle au minimum. Certes, l'indicateur statistique en sera moins précis mais il sera aussi plus fiable. L'« auto-administration » des tests permet de limiter les interventions intempestives. La personne testée se prend en main et fait les épreuves selon son propre rythme. Pour cela, il s'agit de concevoir des tâches aux consignes évidentes (c'est-à-dire qu'il est inutile de lire). Les tests « auto-administrés » autorisent les passations collectives et se prêtent aux dispositifs concernant un grand nombre d'individus (comme la JAPD, par exemple).

Le lancement d'un dispositif est donc délicat. Le fait que l'illettrisme soit une noble cause ne suffit pas, spontanément, à bouleverser les croyances et les habitudes de travail. La clé en est la formation des personnels et un suivi constant des pratiques. Parce qu'ils durent, les dispositifs d'identification des personnes en situation d'illettrisme s'altèrent.

FIGURE 4

Quatre choix possibles d'élaboration d'un dispositif d'identification et de quantification des publics en situation d'illettrisme

Dispositifs de lutte contre l'illettrisme	Les tests sont passés individuellement		Les test sont passés en groupe
Évaluateurs spécialisés (enseignants, formateurs)	Résultats assez précis Mais solution la plus coûteuse		Résultats assez précis Solution moins coûteuse
	Dispositif des maisons d'arrêt	*Protection judiciaire de la jeunesse*	
Évaluateurs non spécialisés	Résultats moins précis Solution assez coûteuse		Résultats moins précis Solution à moindre coût
	Tests de la conscription (1990-1996)		*Journée d'appel de préparation à la défense*

Cette usure est notamment due au renouvellement des personnels et aux consignes qui en viennent à être transmises de bouche à oreille, sans référence aux documents officiels. De « mauvaises habitudes » sont alors reproduites et nuisent à la qualité des résultats. Même les tests s'émoussent puisqu'ils sont copiés et quelquefois détournés de leur fonction et réemployés dans d'autres contextes à des fins de discrimination négative (le test permet de sélectionner les personnes qui ne sont pas illettrées, pour un emploi ou des stages...). Il s'agit donc de rester vigilant afin d'éviter toute dérive.

L'expérience montre que ce sont les suites données au repérage de l'illettrisme qui rendent le dispositif pérenne. Sans une orientation concrète et clairement perceptible, l'évaluation perd son sens et ne peut survivre à l'unique prétexte de fournir des statistiques.

La mise en œuvre d'un dispositif est un ouvrage lourd et ambitieux. Le résultat qui en ressort est un compromis entre son coût et sa précision.

Devant la spécificité de ces démarches, il faut à chaque fois adapter les outils aux conditions de passation. Si les résultats de la JAPD semblent moins précis selon les différents critères (voir encadré), le temps d'évaluation et la structure des tests permettent de compenser ces faiblesses : c'est la plus longue évaluation puisqu'elle dure quarante-cinq minutes, contrairement aux autres évaluations qui durent entre sept (pour le test de la conscription) et quinze minutes. Ce supplément de temps rend possibles une plus grande diversité des supports à lire et l'utilisation d'items de contrôle qui viennent confirmer, par des erreurs répétées, ou infirmer la réalité d'un déficit. Le test de la JAPD intègre également des épreuves de connaissance orthographique.

Contrairement à l'évaluation de la conscription, pour laquelle n'étaient testés que les jeunes d'un faible niveau scolaire[1], le test de la JAPD n'est dépendant d'aucune déclaration de niveau. Tous les jeunes sont évalués sans distinction et cela au même âge (à 17 ans), facilitant la statistique par classe d'âge.

Avec le temps, et la formation, on peut penser que la mission d'évaluation sera encore mieux maîtrisée

1. Au maximum étant parvenus en 3e sans obtenir le BEPC ou bien en filière BEP ou CAP sans obtention de diplôme. Une critique légitime de R. Girod observait que cette déclaration faisait varier la population à tester, ce qui faisait d'autant varier le taux d'illettrés.

par les personnes en charge de faire passer les tests. Si l'intention politique se maintient, cette mission ne pourra qu'évoluer vers une meilleure précision et donc plus d'efficacité. Les premiers résultats pour l'année 1999-2000 sont à cet égard très instructifs, comme l'illustre la figure 5.

Les chiffres de la journée d'appel de préparation à la défense[1]

L'ensemble des jeunes Français[2] atteignant l'âge de 17 ans doivent désormais assister à une journée d'appel de préparation à la défense qui se substitue au service national de dix mois. Cette journée est effective depuis octobre 1998 et ne concerne les filles que depuis avril 2000. À cette occasion, la loi prévoit une estimation du « niveau de français ». Sur cette base, un dispositif d'évaluation et d'orientation a été mis en place. Sur l'année 1999-2000, 680 438 jeunes ont été concernés[3].

L'estimation des performances en lecture et à l'écrit s'établit sur une première série de tests destinés à distinguer les lecteurs capables d'utiliser des écrits de la vie quotidienne de ceux qui en sont incapables (un programme TV, un texte narratif). Une fois les deux groupes formés, une autre évaluation a lieu. Elle se compose de deux séries différentes : la série A s'adresse aux jeunes ayant échoué aux premiers tests, la série B à ceux les ayant réussis. La fonction de cette seconde évaluation est de confirmer la valeur des résultats des premiers tests à travers de nouvelles épreuves sur des écrits courants (notice de médicament, petites annonces, avis de concours administratif, textes narratifs) et de décrire les compétences en lecture et en orthographe de l'ensemble de la population. Les épreuves de la série A (les plus faibles) évaluent l'identification de mots, la compréhension de phrases simples et celle de phrases complexes[4], ainsi que la connaissance rudimentaire de règles orthographiques.

La figure 5 présente les résultats en juxtaposant l'ensemble des évaluations.

À travers la description des performances en lecture d'une large population, les compétences[5] se distribuent sur un continuum de possibles. Il s'agit alors d'abstraire de ce continuum des catégories de lecteurs. La confrontation à la diversité des écrits sollicite des compétences spécifiques, fruit d'un constant apprentissage. Il existe des seuils significatifs qui renseignent sur le potentiel d'adaptation du lecteur. Ainsi, en dessous du seuil d'adaptation des tests de la série A, la probabilité d'une grande rigidité de lecture est forte. Par grande rigidité, il faut entendre une spécialisation du lecteur dans un type de lecture (par exemple, ne lire que les mots sans prendre en considération la syntaxe, et cela quel que soit l'acte de lecture).

Entre les deux séries de tests A et B[6] se situe le groupe charnière. Il est constitué des personnes ayant eu des résultats paradoxaux ou incertains sur les épreuves de difficultés proches, alternant échec et réussite. Les autres catégories confirment leur réussite aux tests par d'autres réussites ou bien leurs échecs par d'autres échecs.

La différence entre les garçons et les filles est très importante sur les groupes des plus faibles lecteurs. Parmi l'ensemble des jeunes orientés vers le test A, 61,9 % sont des garçons. Plus faible est la performance en lecture et plus grand est l'écart entre les deux sexes. Le groupe des jeunes ayant les plus graves difficultés (groupe 1, évaluation A) rassemble 2,6 fois plus de garçons que de filles (voir figure 6).

Au-delà du groupe charnière et de sa spécificité, un groupe particulièrement médiocre et dont les taux de réussite s'échelonnent entre 50 % et 75 %[7] est à distinguer. Il concentre tout de même 21,8 % de la population et mériterait à lui seul de relancer le débat sur les seuils d'exigence dans le rapport à l'écrit.

Il n'est bien entendu pas possible d'assimiler ce groupe à celui des personnes en situation d'illettrisme (9,3%)[8]. Leur capacité de lecture est démontrée. En revanche on soulignera leur fragilité ainsi que leur manque d'efficacité. L'analyse des connaissances orthographiques rudimentaires montre qu'un lien existe entre lecture et écriture. La corrélation est plus forte sur l'ensemble des faibles lecteurs.

La supériorité des filles se confirme concernant l'orthographe, même lorsqu'elles ont de faibles performances en lecture.

La JAPD fournit également un indicateur géographique, toutefois l'interprétation de ses résultats doit être des plus prudentes (voir figure 7).

FIGURE 5

Répartition de la population
selon les groupes de performance

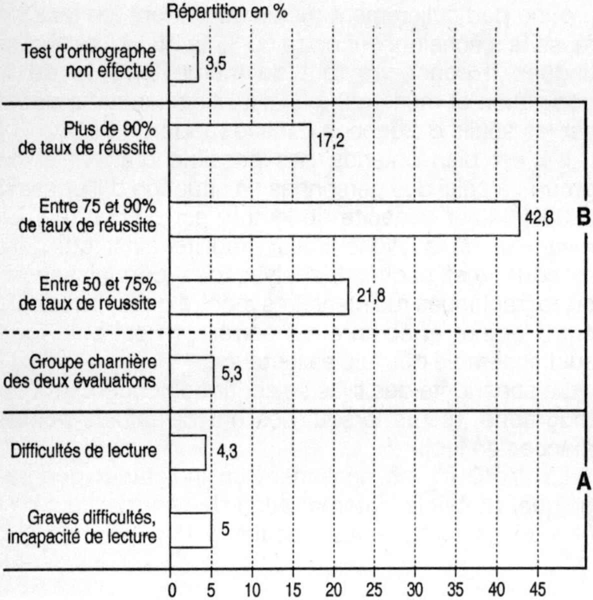

Source : Direction du service national, *Bilan annuel d'activités, septembre 1999-juin 2000, n° 2.*

FIGURE 6

Les lecteurs en difficulté : comparaison entre garçons et filles

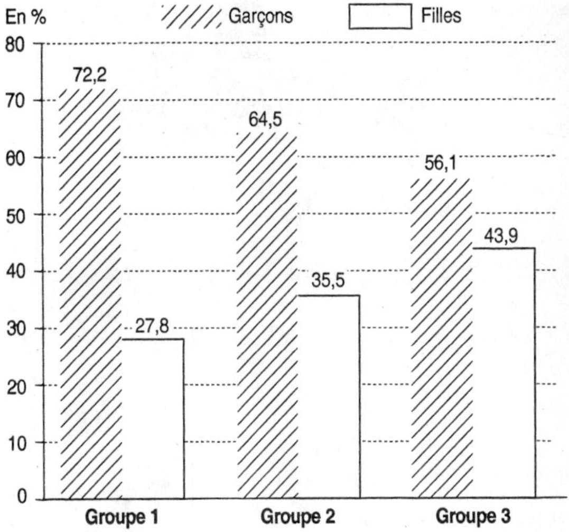

Le **groupe 1** rassemble les jeunes ne possédant par les mécanismes fondamentaux de la lecture (essentiellement l'identification des mots et la compréhension de phrases simples).
Le **groupe 2** concerne les jeunes qui ne possèdent que partiellement ces mécanismes et qui éprouvent de grandes difficultés sur tous les types d'écrit.
Le **groupe 3** est celui des lecteurs rigides qui ne peuvent s'adapter efficacement aux différents écrits proposés, et qui toutefois n'ont pas de troubles apparents des mécanismes fondamentaux.

Source : Direction du service national, *Bilan annuel d'activités, septembre 1999-juin 2000, n° 2.*

FIGURE 7

Jeunes de la JAPD* en grande difficulté de lecture (septembre 1999-juin 2000)

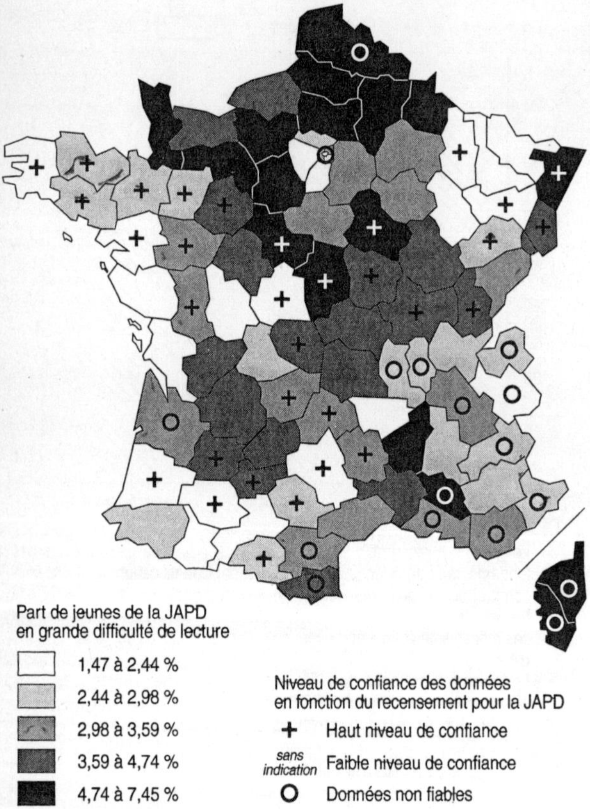

* Journée d'appel de préparation à la défense.

Source : Direction du service national.

Commentaire de la carte — Cette carte construite à partir des données brutes de la JAPD doit être considérée avec prudence. La population qu'elle décrit est celle passée en JAPD sans qu'aucun ajustement aux caractéristiques de la jeunesse française n'ait été effectué.

Elle n'est aucunement représentative de la population des jeunes Français de 17 ans. La JAPD n'a intégré les filles qu'à partir d'avril 2000. La période étudiée s'étendant de septembre 1999 à juin 2000, un faible effectif de jeunes filles compose donc cette population.

Mais la véritable limite de cette carte tient dans les comparaisons fragiles qu'elle sous-entend entre les départements. La mesure des performances en lecture est étroitement dépendante du recensement des jeunes par les mairies. C'est par le recensement que le ministère de la Défense établit les convocations à la journée d'appel. Or, le recensement peut varier d'un département à l'autre de 1 % de non-recensés à 30 % pour la classe d'âge principalement concernée par cette cartographie (nés en 1981). La moyenne nationale des non-recensés était de 9,03 %.

Trois phénomènes semblent conditionner le non-recensement : une insuffisante information des jeunes, la négligence due à une faible importance donnée au nouveau parcours citoyen, et le rejet d'une telle démarche. Les départements qui offrent les statistiques de non-recensés les plus élevées sont la plupart du temps ceux ayant une forte concentration urbaine. Le département du Nord, la région parisienne, la Gironde, le Rhône, l'Isère et toute la Côte d'Azur sont fortement concernés.

Deux phénomènes sont de fait peu mesurables par l'instrument qu'offre la JAPD : l'illettrisme des banlieues et celui des personnes n'ayant pas la nationalité française.

On notera que les zones rurales, le Loir-et-Cher par exemple, qui connaissent souvent un meilleur recensement, semblent pâtir d'un illettrisme plus fort quand elles sont confrontées à d'autres régions fortement urbanisées, comme la région parisienne. Ce contraste est en fait un artefact, bien que la statistique du Loir-et-Cher en tant que telle soit fiable. Une comparaison ne peut que s'établir avec un département d'un niveau de fiabilité équivalent.

---

1. Source : *Bilan d'activités 1999-2000*, *Les journées d'appel de préparation à la défense*, MLP, nº 2, octobre 2000, ministère de la Défense, Direction du service national, MLP, université Paris V, Direction de la programmation et du développement ; voir aussi : *Bilan d'activités octobre 1998-juin 1999*, *Les journées d'appel de préparation à la défense*, MLP, nº 1, septembre 1999, ministère de la Défense, Direction du service national, MLP, université Paris V, Direction de la programmation et du développement.

2. Les personnes handicapées peuvent être dispensées sur présentation d'une carte d'invalidité ou d'un certificat médical (article R 112-6, décret nº 98-180 du 17 mars 1998).

3. Sur 757 165 personnes (deux classes d'âge de garçons sont essentiellement concernées pour les deux premières années) convoquées, soit un taux de participation des jeunes de 90 %. 10 % peuvent régulariser leur situation dans les années à venir.

4. Il s'agit de trouver l'enchaînement de deux propositions.

5. Constat fait en son temps par les travaux canadiens de Statistique Canada : *L'alphabétisation des adultes au Canada : résultats d'une étude nationale*, Ottawa, Ontario, 1991.

6. On notera également que les scores de la série B comprennent les épreuves d'orthographe, alors que pour la série A les résultats de l'épreuve d'orthographe ne sont pas agrégés à ceux de la lecture.

7. Les enquêtes internationales retiennent pour valider une compétence un score de 80 %, mais les conditions d'évaluation et l'implication relative des jeunes ont conduit à augmenter la tolérance d'erreur dans ces premières années d'investigation.

8. Le ministère de la Défense distingue les jeunes en danger d'illettrisme (4,3 %) des jeunes en situation d'illettrisme (5 %).

Produire les chiffres de l'illettrisme est une activité délicate, qui se situe au confluent de deux intérêts divergents. Celui des acteurs de la lutte contre l'illettrisme qui attendent des statistiques, la mobilisation de budgets plus conséquents, et celui de l'Éducation nationale qui voit dans ces statistiques une critique sur l'apparente inefficacité de l'école ou sur les limites de son action. Il existe une réelle pression sur la publication de ces chiffres.

L'épisode le plus symptomatique fut celui de la participation française à l'enquête OCDE, lorsque le 7 décembre 1995, le journal *Libération* dévoile que la France se retire « discrètement » de l'enquête internationale (l'EIAA — voir encadré p. 95), à la vue des résultats obtenus. Le taux de personnes auxquelles l'étiquette d'illettré a été attribuée serait de 40,1 %, plaçant la France en avant-dernière position des pays étudiés, à la hauteur de la Pologne (à 42 %). Sur décision de François Bayrou, le ministre d'alors, Claude Thélot, directeur de l'évaluation et de la prospective de l'Éducation nationale (DEP), partenaire de l'enquête, justifie le retrait français en soulignant des problèmes méthodologiques mis en évidence par un rapport d'experts internationaux. Les épreuves sont longues, nécessitent une implication importante et dans les pays qui ont pu rémunérer la participation des répondants, les résultats s'en sont trouvés améliorés. Dans les conditions d'un entretien d'embauche, il semblerait selon le directeur de la DEP qu'une amélioration des performances de 30 % ait été constatée. Toutefois, l'argument méthodologique étonne la presse : la participation de la France a duré environ deux ans, les principes méthodologiques ont clairement été formulés et les épreuves ont été acceptées. Les journaux sont sans appel : on cache la vérité en matière d'illettrisme, on parle d'omerta et même Jacques Chirac évoquera la honte de masquer une telle réalité [1].

Pourtant, il apparaît après l'étude détaillée de France Guérin-Pace et Alain Blum [2] que l'argument méthodologique était véritablement fondé. Mauvaise traduction, éléments de motivation différents d'un pays à l'autre, mauvais traitement des non-réponses, difficulté variable d'un pays à l'autre des questions censées être identiques... Les batteries françaises recelaient des « pièges involontaires » qui les rendaient nettement plus difficiles.

Cependant, cette péripétie montre qu'en l'espace de quinze ans, l'Éducation nationale a maintenant accepté de prendre en compte la question de l'illettrisme. Elle s'est même frottée à sa mesure, peut-être par défiance des autres études quantitatives. Sûre de remplir sa mission au-delà de l'alphabétisation, elle s'est sentie prête à affronter la comparaison internationale. Elle a voulu assumer un rôle paradoxal qui consistait à produire elle-même les arguments de sa critique.

Depuis, un discrédit considérable a été jeté sur les démarches évaluatives. La question de l'illettrisme était à peine assimilée et distinguée de celle de l'analphabétisme que le « nouveau » concept de littératie (adopté par l'EIAA) redéfinissait le seuil d'exigence dans le rapport à l'écrit. Cette succession d'approches qui avancent au rythme de la recherche ne s'est sans doute pas suffisamment préoccupée de

1. On retrouvera ces éléments dans l'article du *Monde* du 24 janvier 1997, « La difficulté à cerner le nombre d'illettrés obère l'objectif de le faire diminuer de moitié » par Béatrice Gurrey.

2. France Guérin-Pace et Alain Blum, « L'illusion comparative », *Population*, INED, n° 2, mars-avril 1999.

ses impacts sociaux et des représentations qu'elles allaient bouleverser.

Le retard de la France en matière d'évaluation est aujourd'hui le prix à payer de son retrait de l'enquête OCDE, car si la valeur de l'indicateur est sérieusement mise en doute sur le plan des comparaisons internationales, l'ensemble des pays participants ont malgré tout pu expérimenter un mode d'évaluation et sont rentrés dans la logique de son amélioration.

Il est vrai que la mesure de l'illettrisme est une préoccupation relativement récente. Les premiers chiffres officiels ne datent finalement que de 1988. Les conflits qui ont toujours entouré les estimations ont rendu le débat difficile : 5,4 % selon l'INSEE en 1994, 8 % selon la conscription, 9 % selon la JAPD de 1999, 20 % selon Infométrie en 1988 ou 40 % d'illettrés selon l'EIAA (résultats non officiels). De telles variations, certes sur des populations à chaque fois différentes, ont pu faire croire que la situation allait de mal en pis. Certains, profitant de cette confusion, ont eu beau jeu de crier à la décadence du système d'enseignement. Le passage de la négation du problème (1977) à des proportions qui peuvent paraître démesurées a certainement ébranlé plus d'une fois l'opinion publique.

La tentation serait grande de comparer les données issues de la JAPD et celles de l'EIAA. Mais les deux populations, comme les méthodologies, sont résolument différentes. Le seul échantillonnage comparable serait celui de l'enquête d'Infométrie de 1988, qui tente de circonscrire l'ensemble de la population nationale. Mais, là encore, les approches sont trop spécifiques pour que la comparaison soit fructueuse.

Pour y voir clair parmi les outils d'évaluation

existants, trois catégories peuvent être distinguées : celles mesurant une capacité potentielle de lecture et définissant des « tâches cognitives » qui doivent être maîtrisées (identifier les mots, rechercher une information, utiliser des modes de classement, etc. — c'était le modèle de l'évaluation de la conscription en 1990 et 1996), celles proposant de faire un inventaire, certes toujours partiel, d'écrits sociaux afin de déterminer la capacité à les utiliser (petites annonces, notices médicales — c'est la démarche de l'enquête EIAA), enfin les batteries mixtes liant les deux approches (c'est le cas de la JAPD).

Une question méthodologique fonde la différence entre les tests anglo-saxons (ceux de l'EIAA) et les évaluations quantitatives françaises. L'EIAA focalise son observation sur l'utilisation des écrits. Ses épreuves sont établies à partir de documents réels qui s'insèrent dans une pratique sociale, professionnelle ou domestique. Leur difficulté spécifique vient du contexte virtuel que le « répondant » doit construire afin de comprendre le sens de ce qu'on lui demande (pour remplir une commande destinée à un atelier de reprographie, il est nécessaire d'avoir quelques notions concernant les formats de papier, les capacités des photocopieurs...). L'erreur serait de penser que les écrits proposés devraient être connus, car les situations les imposent. Tous les écrits de l'EIAA sont contournables et très souvent contournés, même par des lecteurs efficients. Qui n'a jamais demandé à ses proches combien de cachets d'aspirine prendre plutôt que de lire les indications ? Qui n'a jamais essayé de comprendre comment fonctionne un appareil électroménager sans lire la notice ? Ces écrits qui sont présents dans nos vies quotidiennes ne sont pas forcément connus et la situation à laquelle ils font référence n'est pas forcément la plus limpide.

On mesure ici un peu plus que la lecture, puisqu'il s'agit également d'évaluer une capacité à reconstruire à partir d'un document des pratiques, des acteurs, des lieux... Le principe, clairement annoncé par les auteurs, est intéressant puisqu'il propose d'observer comment une personne est capable de comprendre un environnement avec, pour seuls indices, des documents et des consignes.

La critique faite à cette approche est d'estimer que les besoins en matière de lecture et d'écriture ne peuvent être définis de manière précise pour une population aussi globale que celle d'un pays, par exemple. Les besoins d'utilisation des écrits seraient artificiellement fixés [1], ces derniers seraient en fait relatifs aux situations individuelles et au besoin qu'imposent les « circonstances ».

Pour contourner cette difficulté, les tests de lecture proposent de hiérarchiser des groupes de lecteurs en fonction de leur aptitude à aborder divers types d'écrits. S'il est difficile de fixer le seuil de l'insuffisance qui marque l'illettrisme, pour certaines personnes, les capacités sont si faibles qu'on sait pertinemment que de nombreux écrits demeureront

1. « Dans la perspective de l'OCDE évoquée ci-devant, l'illettrisme se définit par rapport à une norme préétablie et suffisamment stable pour permettre des comparaisons dans le temps et l'espace. Telle n'est pas, à ce jour, l'option choisie en France : à partir du moment où il est donné de l'illettrisme une définition fonctionnelle, en référence à une inadéquation persistante des compétences de communication écrite au regard des exigences d'une situation particulière, la norme devient aussi variable que la diversité des circonstances rencontrées par un individu et les aptitudes que celles-ci requièrent. Dès lors, les mesures statistiques n'ont de sens que dans un contexte donné, et toute tentative de dénombrement exhaustif des cas d'illettrisme est nécessairement vouée à l'échec » (V. Espérandieu et J. Volger, *L'illettrisme, op. cit.*, p. 35).

inaccessibles. Des erreurs répétées dans l'utilisation de tableaux ou la compréhension de récits simples témoignent de faiblesses qui obèrent nombre de lectures. On peut alors sans trop se tromper désigner certains groupes de manière formelle. En revanche, pour les personnes à la marge, c'est-à-dire capables de réussir certaines lectures par des stratégies de compensation, les performances demeurent fluctuantes et leur identification aléatoire.

Dans les évaluations lors de la conscription puis des journées d'appel de préparation à la défense, le savoir lire et sa potentialité tentent d'être isolés. C'est pourquoi les documents sont particuliers aux tests et ne reprennent pas strictement des écrits réels. La part de la situation dans la compréhension de l'écrit est réduite.

Pour considérer spécifiquement la lecture, il est indispensable de tester ses mécanismes. Ces derniers représentent ce qui demeure constant dans la diversité des actes de lecture à produire. C'est pour cela qu'on trouvera dans ces batteries des tests d'identification de mots, d'autres évaluant la capacité à globaliser le sens d'une phrase simple ou complexe. Ces compétences fondamentales constituent les variables explicatives de certains déficits de la lecture fonctionnelle.

La logique de dispositif d'évaluation conditionne la nature des tests. Ceux-ci ont pour but de proposer des groupes de niveau pointant des difficultés spécifiques afin de situer l'intervention pédagogique à conduire.

Enquête internationale sur l'alphabétisation des adultes (EIAA)[1]

L'EIAA est une enquête internationale qui concerne une douzaine de pays (voir figure 8). Elle se fonde sur des travaux américains[2] et canadiens et est structurée autour du concept de « littératie », c'est-à-dire, selon Statistique Canada, *l'aptitude à comprendre et à utiliser de l'information imprimée dans le cadre de ses activités quotidiennes à la maison, au travail ou dans la collectivité*. La littératie permet de poser la question du niveau de maîtrise des savoirs de base (entendre par là : lecture, écriture, calcul), selon l'exigence que définit notamment (et surtout) le marché du travail. Dans ce cadre conceptuel, l'illettrisme (*illiteracy*) décrirait un niveau de compétence qui ne permettrait pas de remplir les meilleures conditions de l'employabilité et de la vie sociale. Cette approche envisage la capacité potentielle d'évolution et d'adaptation des individus. Le concept de « capital humain » est ici essentiel, les personnes en situation d'illettrisme n'auraient pas les outils cognitifs permettant le développement des apprentissages et l'acquisition de nouvelles connaissances, elles seraient incapables d'investir dans le développement de leur compétence.

Un échantillonnage représentatif des adultes de 16 à 65 ans a été réalisé (population migrante comprise). Entre 2 000 et 3 000 personnes ont été interrogées dans chaque pays, et jusqu'à 5 600 au Canada. Sont exclus de l'enquête les militaires, les prisonniers, les personnes hospitalisées ou internées en asile psychiatrique.

Trois capacités de lecture sont envisagées en fonction des types d'écrits : *la lecture des textes suivis* (éditoriaux, nouvelles, poèmes, fictions...); *la lecture des textes schématiques* (horaires de transport, cartes routières, tableaux et graphiques...); et *la lecture des textes au contenu quantitatif* (état d'un compte en banque, représentation graphique de données chiffrées, calcul de prix...)[3]. Une échelle à cinq niveaux de performance décrit chaque capacité. Elles ont été observées sur plus d'une trentaine de tâches de difficultés variables.

Les tâches de lecture conçues pour l'EIAA ont été classées selon leur degré de difficulté. Cette échelle a été divisée en cinq grands niveaux de capacités. Le *niveau 1* est celui de l'incapacité à traiter les textes, le *niveau 2* regroupe les personnes pouvant s'appuyer sur quelques indices et utiliser des écrits simples. Le *niveau 3* est considéré comme satisfaisant à une certaine capacité d'auto-apprentissage. De nombreux pays l'ont désigné comme le niveau seuil de la littératie. Les *niveaux 4 et 5* regroupe les personnes ayant de très bonnes capacités dans le traitement des différents écrits.

Les auteurs de l'enquête ne situent pas d'emblée le seuil de l'illettrisme. Ils évitent ainsi la question du niveau d'exigence qu'ils pensent relatif d'un pays à l'autre. Ils préfèrent laisser aux différentes équipes nationales le soin de fixer ce niveau.

Les proportions américaines sont confirmées par une autre enquête, datant de 1992 : la NALS (National Adult Literacy Survey[4]), qui suivait des principes méthodologiques identiques. À l'époque, un sous-groupe situé au niveau 1 représentait 4 % de la population, soit 8 millions de personnes, et relevait de difficultés très importantes, notamment sur les mécanismes fondamentaux de la lecture. Les performances particulièrement faibles de ce groupe nécessitaient de le distinguer.

FIGURE 8

Comparaison internationale EIAA : le niveau 1

	NIVEAU 1		
Analyse de 1995 sur 7 pays	Textes suivis	Textes schématiques	Textes au contenu quantitatif
Canada	16,6 %	18,2 %	16,9 %
Allemagne	14,4 %	9 %	6,7 %
Pays-Bas	10,5 %	10,1 %	10,3 %
Pologne	42,6 %	45,4 %	39,1 %
Suède	7,5 %	6,2 %	6,6 %
Suisse (fr)	17,6 %	16,2 %	12,9 %
Suisse (al)	19,3 %	18,1 %	14,2 %
États-Unis	20,7 %	23,7 %	21 %

Exemple de lecture : 16,6 % des Canadiens sont de niveau 1 sur les épreuves de textes suivis. Des recoupements d'effectifs sont attendus d'une capacité à l'autre mais ils ne sont pas systématiques.

1. *Littératie et société du savoir. Nouveaux résultats de l'enquête internationale sur les capacités de lecture et d'écriture des adultes, op. cit.*

2. National Adult Literacy Survey, National Center for Education Statistics, 1992. Voir Ann Campbell, Irwin S. Kirsch et Andrew

Kolstad, *Assessing Literacy: the Framework for the National Adult Literacy Survey* (National Center for Education Statistics, 1992) ainsi qu'Irwin S. Kirsch, Ann Jungeblut, Lynn Jenkins et Andrew Kolstad, *Adult Literacy in America: A First Look at the Findings of the National Adult Literacy Survey* (National Center for Education Statistics, 1993).

3. Pour une présentation détaillée, voir *Littératie et société du savoir, op. cit.*

4. NALS, National Center for Education Statistics, 1992.

Estimer les populations à risque

Des mesures indirectes renseignent également sur l'illettrisme : le nombre de livres ou de journaux vendus, ou des enquêtes sur les pratiques de lecture[1], permettent d'envisager dans une certaine globalité le rapport aux écrits. Toutefois, l'indicateur indirect principal reste l'étude des niveaux scolaires.

L'étude des niveaux de formation témoigne non seulement des compétences validées par des diplômes mais rendent également compte des niveaux de sortie du système scolaire. L'observation de l'évolution des sortants permet d'affirmer une certaine stabilisation depuis plusieurs années des faibles niveaux de formation : autour de 55 000 jeunes par an sortiraient au niveau V bis ou VI[2], soit 7,5 % de l'ensemble, contre 100 000 au début des années 90 (voir figure 9).

1. Les données du ministère de la Culture citées dans *Des illettrés en France, op. cit.*, estimaient que 26 % des Français de plus de 15 ans ne lisaient pas. Voir également Christian Baudelot, *Et pourtant ils lisent*, Seuil, coll. « Épreuve des faits », 1999.

2. Les niveaux de formation :

Niveaux VI et V bis : sorties sans qualification professionnelle.

Niveau VI : sorties du premier cycle du second degré (6e, 5e, 4e) et des classes assimilées.

FIGURE 9

Perspective historique des sortants sans qualification du système scolaire (niveau Vbis et VI)

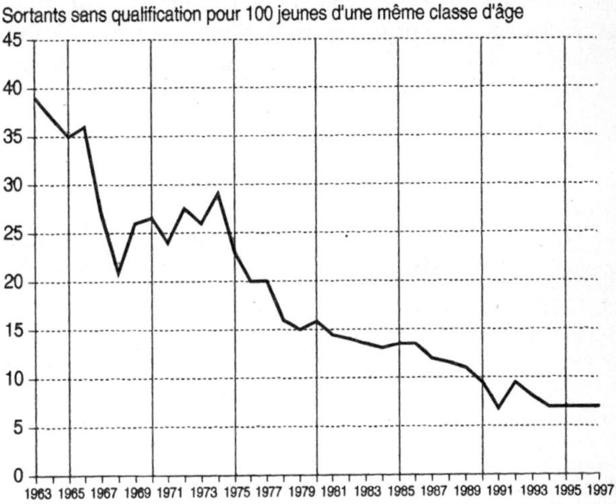

Source : Les sortants du système scolaire sans qualification, Colloque :l'insertion des jeunes en difficulté –27-28 octobre 1999 –Nouvelles chances. *In* Pascale Poulet-Coulibando, *Grandes tendances et modes de dénombrement.*

Niveau V bis : sorties de 3e, du second cycle court avant l'année terminale et des classes correspondantes de l'enseignement spécial.

Niveau V : sorties de l'année terminale des seconds cycles courts professionnels (CAP-BEP) et abandons de la scolarité du second cycle long avant la classe terminale.

Niveau IV (*secondaire*) : sorties des classes terminales du second cycle long ; (*supérieur*) : abandons des scolarisations post-baccalauréat avant d'atteindre le niveau III.

Niveau III : sorties avec un diplôme de niveau bac + 2 ans (DUT, BTS, DEUG, formations sanitaires ou sociales, etc.).

Niveaux II et I : sorties avec un diplôme de second ou troisième cycle universitaire, ou un diplôme de grande école.

En considérant que les jeunes en situation d'illettrisme constituent pour le moins un sous-ensemble des niveaux de qualification V bis et VI, une première hypothèse pourrait proposer une imbrication théorique entre les bas niveaux de qualification, les personnes illettrées et les analphabètes.

Dans la logique d'une hiérarchie des compétences validées par des examens écrits, on pourrait supposer une telle imbrication. Le label « bas niveau de qualification » fait référence ici à l'échelle des diplômes et non aux réelles compétences individuelles. Des études anglo-saxonnes[1] envisagent la possibilité de trouver au-delà des plus bas niveaux de qualification des personnes qui n'ont pas fixé de manière certaine les automatismes de la lecture et de l'écriture. Il s'agirait de personnes ayant obtenu un diplôme et qui sont pourtant en danger d'illettrisme.

En fait, la relation entre les personnes de faible qualification et les personnes illettrées ne semble pas pouvoir être résumée par une équivalence ou par une simple inclusion mais plutôt par des relations imbriquées (figures 10 et 11).

Mais cette stabilité autour de 7 % des sortants sans qualification depuis 1995 porte en elle la question de la nature de leur échec. Ne doit-on pas y voir une implication plus directe entre illettrisme et faible niveau de qualification ? C'est-à-dire qu'il y aurait certes moins de jeunes sortant sans qualification par rapport aux années 80[2], mais parmi eux, il y aurait davantage de jeunes en difficulté face à la lecture et à

1. Dont la NALS et l'EIAA Literacy, Economy and Society, OCDE, 1995.
2. En 1984 : 13,1 % ; en 1993 : 8,3 %.

FIGURE 10

Illettrisme et bas niveaux de qualification : première hypothèse

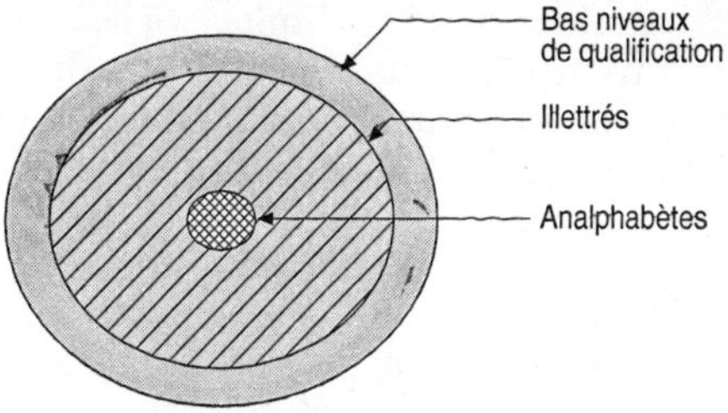

FIGURE 11

Illettrisme et bas niveaux de qualification : seconde hypothèse

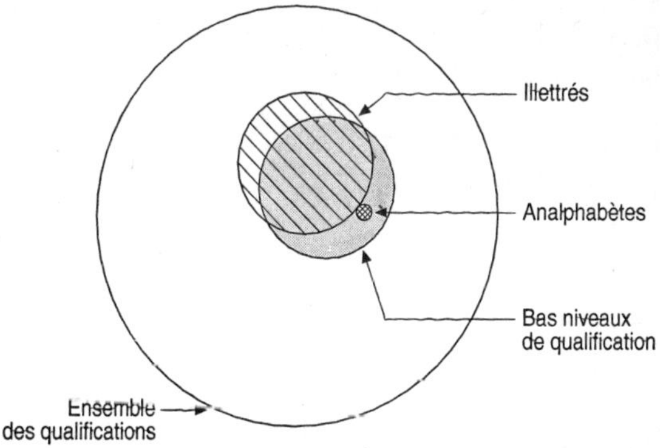

l'écriture. Auquel cas, ce que l'adaptation des filières professionnelles a pu apporter par une meilleure adéquation au monde du travail, notamment par la multiplication des contrats en alternance et la revalorisation des filières par des baccalauréats professionnels, atteindrait ici ses limites. Si les phénomènes des bas niveaux de qualification et celui de l'illettrisme deviennent plus intimement liés, alors l'école devrait aussi envisager un autre niveau d'adaptation, dans lequel le renforcement des bases de la lecture et de l'écriture atteindrait un public qui jusqu'alors sortait illettré du système scolaire.

Un second indicateur indirect est offert par l'évaluation CE2-6e que l'Éducation nationale[1] a mise en place. Cet indicateur est considéré comme indirect car les sujets sont encore dans leur parcours de formation initiale et ne sont donc pas encore concernés par la problématique de l'illettrisme. Ces données fournissent un pronostic de compétence en lecture.

Cette évaluation, maintes fois au cœur des polémiques, révèle qu'en moyenne 15 % des élèves ne maîtrisent pas les compétences de base de la lecture à l'entrée en 6e. Par compétences de base on entend ici « celles qui consistent à reconnaître de qui ou de quoi traite un texte et ce qu'il en dit — le thème et le propos », ainsi que « celles qui permettent d'y relever des informations explicites[2] ». L'enquête de 1997 montre que ces 15 % d'élèves peuvent être scindés en trois sous-groupes :

— Les plus en difficulté : 4,3 % des élèves ont des lacunes graves, notamment en identification de mots.

1. Ravi Baktavatsalou et Corinne Pons, *Étude spécifique relative aux élèves en difficulté de lecture à l'entrée en sixième*, Les dossiers de la DP&D, ministère de l'Éducation nationale, de la Recherche et de la Technologie, nº 112, octobre 1999.
2. *Ibid.*, p. 7.

On y notera une surreprésentation des garçons (80 %), et des élèves en retard scolaire.

— Le groupe des lecteurs lents (7,8 %) : bien que l'identification des mots semble efficiente, elle est anormalement lente et gêne tout traitement plus complexe de l'écrit. Ces élèves sont, en moindre proportion que le groupe précédent, en retard scolaire.

— Le groupe en moindre difficulté (2,8 %) : la conscience phonologique (voir encadré p. 124), l'orthographe et l'identification des mots sont efficacement constituées. Ces mécanismes sont bien présents, toutefois des lectures plus complexes ne sont pas correctement réalisées. Les difficultés surviennent à d'autres niveaux de traitement de l'écrit (mémoire, implication, connaissance des conventions de l'écrit).

La relation entre les 15 % d'élèves en difficulté à l'entrée en 6e et les 7 % de sortants sans qualification semble complexe à établir. Il serait particulièrement intéressant d'évaluer les performances en lecture de ces derniers afin de vérifier si la question des bas niveaux de qualification n'est pas aujourd'hui encore plus liée à la question de la maîtrise de la lecture et de l'écriture[1].

La confrontation des niveaux scolaires aux mesures directes (les tests) montre qu'on doit envisager la possibilité d'un illettrisme chez des personnes pourtant diplômées. Des enquêtes répétées[2] aux États-Unis (1985, 1992 et 1994) semblent le confirmer. Ce sont, bien sûr, les premiers niveaux de diplômes qui sont les plus concernés.

En France, les statistiques qui ont pu être enregis-

1. Se reporter aux travaux de Pascale Poulet-Coulibando, notamment *Éducation et formation* (DP&D), n° 57, juillet-septembre 2000.

2. Voir R. Girod, *L'illettrisme, op. cit.*

trées sur de telles données apparaissent tellement marginales qu'elles ne peuvent recevoir de crédit. Toutefois, l'évaluation JAPD permettra à terme de se confronter précisément à cette question.

Un œil sceptique sur de tels travaux conduirait à remettre en cause la méthodologie : le niveau des tests ne relèverait pas des compétences de base, les batteries comporteraient des pièges, l'information sur le niveau scolaire ne serait pas établie sur des bases sûres et l'on sait, à ce propos, que dans les enquêtes, les personnes interrogées peuvent mentir sur leur réel niveau.

On pourrait s'interroger aussi sur la valeur des tests qui ne fournissent que des résultats ponctuels alors que les diplômes sanctionnent un enseignement sur le long terme. Leur caractère officiel oblige à de réelles précautions sur le plan des corrections et des conditions d'examen. Il semblerait que toutes les garanties de sérieux soient réunies pour certifier un niveau de compétence.

On pourrait également mentionner les conduites déviantes de personnes confrontées à un test qui ne leur correspond pas du tout. Ce qui serait le cas par exemple pour des étudiants qui n'ayant rien à prouver et susceptibles de recevoir l'évaluation comme un exercice dévalorisant, préfèrent bâcler les tests ou bien refusent d'être évalués.

Pourtant, au-delà de ces réserves, un certain crédit peut être apporté à ces observations. Les examens obtenus par des épreuves orales ou par des questionnaires « à choix multiples » rendent possible l'obtention d'un titre malgré de grandes lacunes, notamment en expression écrite. En fonction des matières soumises à examen, l'importance de la lecture et de l'écriture est toute relative (surtout dans des domaines manuels et techniques). Il peut arriver qu'une tolérance s'établisse sur des fautes qui ne concernent pas la matière évaluée. Ainsi l'orthographe ou d'autres maladresses ne seraient pas sanctionnées, l'attention du correcteur se concentrant sur l'absence d'arguments et de connaissances. Les jeunes en cours de scolarité identifient ces modes de notation et peuvent adopter une moindre vigilance qui pourrait conduire à terme à l'évanescence de leurs compétences, à travers une stratégie d'engagement minimal envers l'écrit.

Enfin, le constat qu'un comportement docile et coopérant permet d'améliorer sa notation moyenne fut montré aux États-Unis, dans les années 80, notamment dans des établissements où les conditions d'enseignement s'étaient considérablement dégradées. Ainsi, l'obéissance vient à la rescousse de la compétence pour l'obtention du diplôme.

Dans le même mouvement qui dénonçait une scolarisation garantissant l'alphabétisation, il semblerait que la rhétorique du doute se prolonge jusqu'à interroger la valeur des diplômes. Savoir lire et écrire pourrait-il être un savoir temporairement utile, et dont on se débarrasserait une fois la qualification acquise ou une fois le parcours scolaire terminé (bien ou mal terminé, d'ailleurs) ? L'illettrisme, tel qu'on le considère habituellement, est la conjugaison de difficultés de lecture et d'écriture et d'une absence de diplôme. Cet autre illettrisme, celui « des diplômés sous-instruits » — pour reprendre la formule de Roger Girod —, plus facilement insérés dans le monde du travail, serait plutôt latent et progressif, c'est-à-dire s'aggraverait avec les années. Il signifierait une lente érosion d'un rapport à l'écrit mal installé, enraciné dans un univers professionnel où la lecture et l'écriture seraient superflues. Ainsi, l'absence de qualification et l'illettrisme n'iraient plus systématiquement de pair, cassant pour la population active le repère des diplômes officiels. Les figures imbriquant l'illettrisme aux niveaux de qualification ne seraient envisageables qu'au cours des années suivant la sortie du système scolaire et deviendraient avec le temps de plus en plus éloignées de la réalité.

CHAPITRE III

LES ÉCHECS DANS LA MAÎTRISE DE L'ÉCRIT

Les recherches sur l'origine des difficultés d'apprentissage de la lecture et de l'écriture ne suffisent pas à expliquer les causes de l'illettrisme. D'abord parce que, comme dans toute situation d'apprentissage, des personnes peuvent éprouver plus de difficultés que d'autres, sans pour autant oblitérer dès le départ leurs chances de les résoudre. Que les problèmes rencontrés soient graves (comme certaines dyslexies) ou moins graves, les travaux sur la pédagogie de la lecture et de l'écriture offrent depuis quelques années de nombreuses pistes d'investigation pour que les parents comme les enseignants puissent lever les blocages. Lorsqu'il s'agit de troubles avérés, un statut particulier existe depuis quelques années qui reconnaît ce handicap et permet d'aménager aussi bien le parcours scolaire que la passation des examens. Les dyslexies profondes ne devraient plus rimer systématiquement avec échec scolaire.

Certes, aussi bien sur le plan pédagogique que sur celui des dispositions légales, ces avancées sont récentes. La prise en compte des difficultés spécifiques d'apprentissage de la lecture n'a véritablement surgi que dans les années 70 avec l'allongement de la scolarité et l'apparition du collège unique. Encore aujourd'hui, on ne peut se satisfaire des réponses concrètes qui demeurent insuffisantes et très inégales.

Les recherches concernant les difficultés d'apprentissage des techniques de l'écrit montrent à quel point la diversité des échecs va à l'encontre d'une école prônant une méthode unique dans un parcours standardisé. Si les approches pédagogiques sont connues, les appuis orthophoniques identifiés, cela ne semble pas suffire pour faire disparaître des échecs persistants.

Il s'agit donc de considérer qu'aux difficultés d'apprentissage, qui relèvent de l'élève, viennent s'ajouter d'autres dysfonctionnements relevant de l'enseignement et de ses contraintes. La convergence de ces facteurs fait perdurer les difficultés et conduit à l'illettrisme. Or, il semble qu'aujourd'hui encore la combinaison de ces faisceaux de causalité reste fréquente.

L'illettrisme est la transformation des difficultés scolaires en un problème social. Pour le comprendre, il est donc essentiel de cerner au moins schématiquement le fonctionnement de l'acquisition de la lecture et de l'écriture et d'identifier la nature des échecs de leur apprentissage comme de leur enseignement. Au-delà de leur acquisition, la lecture et l'écriture doivent s'intégrer dans les pratiques culturelles de chaque individu, sinon elles sont condamnées à rester des activités étrangères, étiquetées souvent comme scolaires et accessoires. De nombreuses personnes et même certains groupes sociaux se tiennent ainsi en marge de l'écrit, hors de sa pratique, tout en appartenant malgré tout à sa culture.

Les obstacles à l'acquisition de la lecture et de l'écriture

L'écrit est un système de signes complexe qui n'a de cesse d'imbriquer les codes, ou de les juxtaposer, de perpétuer l'utilisation de vieilles habitudes, et d'en inventer de nouvelles. En l'espace de trente ans, il s'est déplacé de la page à l'écran et s'est enrichi d'autres codes, comme ceux de l'hypertexte[1]. La lecture et l'écriture ont toujours été tributaires des techniques et des outils, que ce soit le stylet, la tablette de cire, les livres, les rotatives ou les ordinateurs. Il est dans l'ordre des choses de les voir s'enrichir des nouvelles technologies et donc de changer. Ce changement s'opère dans une continuité qu'imposent les traditions, car les productions d'aujourd'hui n'existent qu'en référence aux écrits qui les ont précédées.

Cette culture de l'écrit ne s'acquiert pas en trois ans ou six ans, elle est sans cesse en construction. Certes, l'acquisition des capacités de lecture et d'écriture doit suivre un certain ordre. Les premiers apprentissages de la lecture, ceux qui forgent les bases de l'automatisation de l'identification de mots (voir encadré) et de l'intégration globale du sens des phrases, constituent les fondements de cet édifice. Il existe une première phase d'établissement de ces « mécanismes » qui connaît des difficultés qui lui sont spécifiques. Cette phase une fois dépassée, la seconde étape est une longue période de renforcement des fondamentaux et de diversification des stratégies de

1. Procédé permettant d'accéder aux fonctions ou informations liées à un mot affiché à l'écran, en cliquant simplement sur ce mot.

lecture. Cette seconde étape conduira à la capacité d'acquisition autonome d'autres codes dépendant des pratiques de lecture de chacun.

Comment lit-on les mots ?

La phase d'acquisition connaît une période d'instabilité des oppositions entre les lettres se ressemblant. L'une des étapes essentielles sera de bien figer les traits distinctifs de chacun des signes. Ce système une fois figé, la mémoire visuelle possède ses points de repère pour constituer efficacement un stock d'images de mots. Ce stock d'images orthographiques permettra d'accéder au sens sans en passer par l'assemblage phonologique. Il est démontré que l'acquisition de ces repères fondamentaux peut s'établir soit par l'explicitation des règles de correspondance phoniegraphie, soit par déduction à partir d'images de mots apprises dont l'enfant tirera les invariants. L'apprentissage en parallèle de l'écriture sert la structuration de la mémoire orthographique.

Une autre voie d'identification de mots contourne ces processus habituels : l'exploitation du contexte. Le rôle du contexte qui entoure les mots a longtemps été au cœur de la préoccupation scientifique. On s'est interrogé sur sa participation à la construction du sens. Qu'il soit linguistique ou extralinguistique (le mot figure sur une étiquette, une affiche, un panneau), son rôle est indéniable. Toutefois, il n'est en aucune sorte le principe moteur de la lecture. Ainsi, l'utilisation du contexte linguistique dans l'identification de mots est une voie qu'empruntent les lecteurs peu efficaces[1], car les lecteurs efficaces ont des capacités de traitement de l'information écrite qui dépassent en termes de vitesse celle de l'élaboration du sens à partir du seul contexte. Ainsi, avant que le lecteur ait eu le temps de deviner la fin d'une phrase, son œil a déjà pu capter le mot et démarrer ainsi le traitement inconscient de son accès au sens. Ces positions s'opposent aux hypothèses des années 70 qui considéraient que le contexte portait le sens et minimisaient l'importance de la prise d'indices visuels.

1. Pour une présentation synthétique, voir J. Alegria, « Mécanismes spécifiques de la lecture : l'identification de mots écrits », *op. cit.*

L'identification de mots comme la capacité à faire que les phrases soient comprises en fonction des relations qu'entretiennent les mots qui les composent (le traitement syntaxique) ne cessent d'être en évolution au cours de la vie du lecteur. La fréquentation de certains types d'écrits provoquera des habitudes cognitives[1] qui faciliteront leur compréhension. Tant et si bien qu'en fonction des habitudes de lecture, les mots mémorisés sous leur forme visuelle (leur orthographe) différeront très fortement d'un individu à l'autre.

Ce qui est vrai pour la reconnaissance des mots le sera aussi pour la syntaxe. Un amateur de littérature aura rapidement maîtrisé la difficulté que peut représenter une très longue phrase, ou bien une construction inversant les attentes habituelles du sujet, suivi de son verbe et de ses compléments.

En résumé, les mécanismes fondamentaux ne ces-

1. Le terme « cognitif » renvoie aux processus mentaux qui sont à l'œuvre dans la structuration et le fonctionnement des connaissances.

FIGURE 12

Évolution de l'apprentissage de la lecture à travers deux compétences majeures : l'identification de mots et le traitement syntaxique

Pour identifier les mots	Phases de l'apprentissage	Pour traiter la syntaxe
Apprentissage du fonctionnement de l'assemblage, constitution des premiers repères orthographiques	Acquisition	Capacité à traiter globalement la phrase : établir correctement les liens sémantiques entre les mots selon les indices grammaticaux
L'identification de mots par la voie orthographique devient prédominante — la voie d'assemblage est habile, rapide et automatique	Renforcement	Explicitation complète des règles par l'étude de la grammaire
Accroissement du stock orthographique, acquisition constante de nouveaux mots	Spécialisation / Enrichissement	Confrontation aux divers types, genres et styles d'écriture

sent de s'enrichir, et même s'il semble qu'apprendre à lire des mots ou traiter le sens des phrases sont des activités qui appartiennent aux apprentissages de l'enfance, celles-ci ne cessent pourtant d'être centrales dans le processus de lecture et subissent des adaptations constantes.

Une schématisation du parcours d'apprentissage pourrait être envisagée selon trois phases : l'acquisition, le renforcement et la spécialisation. Ces trois phases continuent à faire évoluer les compétences qui sont à la base même de la lecture (figure 12).

Il est difficile de situer précisément le passage d'une phase à l'autre pour chaque enfant dans la maîtrise de la lecture. Hormis la phase d'acquisition qui, dans l'organisation actuelle du primaire, doit être « officiellement » résolue à la fin du cycle 2 (CE1), il est difficile d'établir la durée de la période de renforcement. La fin de cette période est des plus importantes car elle marquerait le caractère irréversible du savoir lire. Elle est espérée pour la majorité des enfants en fin de classe primaire, au plus tard au début du collège. Pourtant, cette phase peut durer beaucoup plus longtemps, voire n'être jamais close. Les performances en lecture dans la phase de renforcement peuvent autant se détériorer que s'améliorer.

La constitution d'une identification des mots efficace est un préalable à toute avancée en lecture. Une mauvaise automatisation de ces habitudes gêne la prise en compte des indices syntaxiques et empêche de globaliser le sens des phrases. Un déchiffrement trop lent nécessite de s'y reprendre à plusieurs fois pour mobiliser le sens des mots afin de pouvoir accéder au sens global de la phrase. Ainsi, une simple phrase nécessitera plusieurs lectures, les premières consacrées à la découverte des mots, les autres à leur réactivation en mémoire afin de pouvoir établir le lien sémantique que propose la phrase. Mais cette réactivation de la mémoire n'est pas égale pour tous les mots. Il est plus facile de maintenir en mémoire un mot concret qui s'ancre dans la réalité du lecteur (effet de concrétude) ou un mot souvent utilisé (effet de familiarité du lexique). La réussite de l'établissement du lien sémantique entre les mots dépendra non seulement de la nature des mots qui composent la phrase (fréquents, complexes, inconnus, concrets...), mais aussi de la longueur de celle-ci et de sa complexité syntaxique. L'oral vient souvent à la rescousse du maintien de l'information. Le lecteur en difficulté esquissera la prononciation des mots lus et se les répétera oralement, souvent à mi-voix (subvocalisation).

Si l'on devait schématiser l'apprentissage de l'écriture de la même manière, il faudrait distinguer trois dimensions principales qui structurent son acquisition : la motricité, c'est-à-dire la capacité à dessiner les lettres puis les mots, les habitudes langagières qu'impose la rédaction et enfin l'exposition à la sanction du lecteur qui se manifeste à la fois sur le fond et sur la forme.

La motricité fine que réclame l'écriture requiert un entraînement constant, comme toute activité physique précise. Une économie des gestes de l'écriture est à construire par le scripteur qui doit atteindre l'automatisation du dessin sous la dictée mentale de ses mots. Tant que cette automatisation n'existe pas, la mise en mot et la construction linguistique de la production écrite demeurent parasitées et donc très laborieuses. Ce parasitage fait sauter des mots ou des syllabes entières — voir, dans la production de Françoise (figure 13), *diction* au lieu de *direction* —, ou provoque leur répétition (*jour jour*), l'autodictée se déroule mal et la personne ne peut véritablement gérer le contrôle de ce qu'elle écrit. La difficulté orthographique est souvent différée, traitée plus tard dans une hypothétique relecture. Il s'agit d'abord de résoudre la question de la formulation et de sa transcription. Lorsque les interrogations orthographiques ne sont pas différées, elles viennent alourdir le processus. Les difficultés orthographiques peuvent être levées en évitant d'écrire les mots sur lesquels la personne a de réelles incertitudes. Une rature sur la production de Françoise montre les hésitations (elle écrit *font* à la place de *vont* et préfère reformuler sa phrase en employant : *devait partir en*).

Les personnes les plus en difficulté peuvent être dans l'incapacité de segmenter correctement les mots, ce qui témoigne d'une autre manière d'une nette défaillance des mécanismes fondamentaux de la lecture. Aucune image de référence ne les aide à retrouver les limites lexicales.

Deux possibilités existent pour écrire un mot :

1. Le retranscrire en faisant jouer les règles de correspondance entre les lettres et les sons ; dans les exemples, de nombreux mots sont écrits phonétiquement : *salutasion, je sere* pour *je serais* ; mais encore faut-il posséder le mot : dans l'écrit de Françoise, une hésitation sur *distputer* (au lieu de *disputer*) s'appuie sur une ambiguïté également présente à l'oral. Même phénomène chez Joachim (*socoler* au lieu de *scolaire*).

2. Connaître son orthographe : c'est alors l'image du mot qui guide le scripteur.

L'interférence entre ces deux voies produit des mots qui sont des mélanges orthographiques complexes. Chez Françoise l'orthographe d'*hacord* (pour *accord*) montre que des règles sont connues, même si elles ne sont pas toujours correctement appliquées. Idem chez Josette : le *lainge* (le *linge*).

Pour la construction syntaxique, l'oral reste le modèle de l'expression écrite spontanée. Les phrases sont en général longues et les subordonnées enchâssées. Les références des pronoms sont souvent mal gérées, ceux-ci sont donc peu utilisés, ce qui provoque de fréquentes répétitions. Les accords sont peu respectés (voir la production de Catherine). Outre ces caractéristiques, la cohérence des propos est souvent desservie par le fait que le scripteur suit la dictée d'un discours intérieur dont le lecteur n'a souvent pas toutes les clés.

Ces paroles figées par l'écriture dans leurs erreurs et leurs maladresses sont, en dehors de la démarche d'apprentissage, presque impossibles à montrer, sous peine des pires moqueries. L'écrit devient alors une menace à la pudeur. Il reste, une fois que la personne s'est effacée, comme sa trace honteuse. C'est pourquoi les personnes en situation d'illettrisme s'en débarrassent, en s'autocensurant et en refusant d'écrire. C'est pourquoi aussi son miroir qu'est la lecture, rappel incessant de ces faiblesses, est, lui aussi, écarté.

La complexité de l'orthographe française rend plus difficile la maîtrise de l'écrit et alourdit considérablement son enseignement. Le paradoxe qu'introduisent les nouvelles technologies est qu'elles prennent de plus en plus en charge la question de l'orthographe, levant encore de manière imparfaite (mais c'est une question de temps), pour ceux qui sont capables d'utiliser les outils informatiques, le souci du ridicule. Ceux qui ne peuvent les utiliser traînent leurs lacunes. De plus en plus, les ateliers de lutte contre l'illettrisme intègrent les traitements de texte et les logiciels de mise en page, en évitant pour les plus prudents de créer une dépendance irréversible envers une machine qui n'est disponible que sur les lieux d'apprentissage.

FIGURE 13

Écrire à peu près

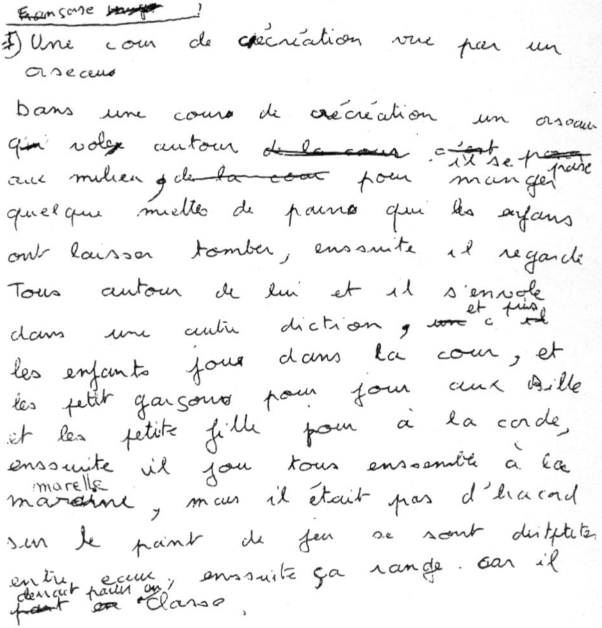
Françoise !

I) Une cour de crécréation vue par un oseau

Dans une cours de récréation un oiseau qui vole autour ~~de la cour~~ il se pose au milieu de ~~la cour~~ pour manger quelque miettes de pains qui les enfans ont laisser tomber, enssuite il regarde Tous autour de lui et il s'envole dans une autre diction, et puis les enfants joue dans la cour, et les petit garsons pour jour aux bille et les petite fille pour à la corde, enssuite il jou tous enssemble à la marelle, mais il était pas d'hacord sur le paint de jeu se sont disptute entre eux, enssuite ça range. car il devait partir en classe.

Françoise est une mère de famille de 42 ans qui est née et a été scolarisée en France, dans la Nièvre. Elle a quitté l'école en primaire et a intégré un atelicr de lutte contre l'illettrisme[1]. Sa rédaction, sur un thème

1. Nous tenons ici à remercier l'AFPLI et plus particulièrement Carine Malroux, formatrice, ainsi que Saint-Exupéry Formation pour leur concours.

très scolaire (une cour de récréation vue par un oiseau), renseigne sur ce qu'est la production d'une personne ayant partiellement acquis certaines connaissances mais qui n'a pu ni les entraîner ni les renforcer.

j'aime faire en espace vert parce qu'il y a des
planter verte a s'occupé et aussi je peut m'occupé
des arbes des fleurs et entretri , je peut apprendre
assez vite ce travail une femme est plus manuelle
et plus fine qu'un homme et plus adroite, conduire
le tracteur cela me plait, aussi travaille en equipe
ou seul me derange pas. Je montrai excemple a mes
enfants tous et possible a faire et savoire faire
c'est d'être bien dans sa peau et s'eporter les
autres quand il sent mal dans leurs peau être agreable pour
qu'il le ressente et aussi, j'aimerais trouve du
travail sur ce poste agent espace vert.
Dieu nous a crei pour s'avoir faire plein de chôses
et être plus adrate qu'un homme.

S'avoir sur les arbres, les fleurs, les haies, les Hamomes

Catherine a 35 ans, elle habite la région de Montluçon. Elle est bénéficiaire de l'allocation spécifique de solidarité. Elle a intégré une 4e CPPN, puis a arrêté sa scolarité.

je me l'uive à 8 h
je fait le mënage
je peyra le ~~ro~~ Repas
je laive le laige.

Josette a 36 ans ; mariée, sans emploi.

Cher Monsieur

je sere interese pour Renthe dans le stage
APA pour amellire mon niveau socolar

veuillez agreer mai salutasian

[illegible]

Joachim a 31 ans. Il est bénéficiaire du RMI. Il a arrêté sa scolarité après une 3e en section d'enseignement spécialisé.

Les parcours de l'échec scolaire et le couloir de l'illettrisme

Les exemples présentés illustrent le rapport à l'écrit qu'entretiennent les personnes en situation d'illettrisme. Des connaissances lacunaires, des automatismes pas tout à fait installés, des capacités certes partielles mais tout de même présentes les font stagner dans une situation d'incertitude et de manque de confiance qui empêche de dépasser l'apprentissage de l'écrit pour en faire un véritable outil de communication et de travail.

Ces connaissances imparfaites témoignent des aléas de leur scolarité. Les temps officiels de l'enseignement cadencent les apprentissages. Lorsque les premiers temps d'acquisition sont passés (les deux premières années du primaire, la fin du CE1), la course à la compensation du retard commence. S'instaurent alors des stratégies de contournement des difficultés qui seront aléatoirement productives. Les élèves n'ayant pas acquis dans les temps les rudiments vont sans cesse buter contre les premiers obstacles tout en ayant à affronter des acquis nouveaux. Cette situation les maintiendra dans une capacité partielle, faisant quelquefois illusion auprès des enseignants comme des parents. Illusion qui s'achèvera au collège.

Alain Bentolila présente ce qu'il nomme le « couloir de l'illettrisme » à travers un bilan chiffré des difficultés des élèves [1]. Il constate d'abord qu'ils arrivent en CP avec des différences importantes dans la maîtrise de la langue à l'oral ; il distingue comme faits essentiels : la pauvreté du vocabulaire, la maîtrise

1. Alain Bentolila, *De l'illettrisme en général et de l'école en particulier*, Plon, 1996.

approximative des constructions grammaticales et le fait que ces enfants « ont de réelles difficultés à prendre l'autre en compte dans un acte simple de communication ». Il en conclut qu'« un enfant sur dix arrivera au cours préparatoire avec une maîtrise du langage oral qui ne lui permettra pas d'entrer sans rupture dans le monde de l'écrit[1] ».

Deux enquêtes[2] longitudinales corroborent cette observation. En effet, elles montrent que 20 % des élèves entrant en CE2 ne possèdent pas les « compétences de base » : les mots fréquents sont lus avec difficulté, le déchiffrement de mots inconnus est laborieux, des textes courts et simples ne sont pas compris.

La compensation scolaire de ces lacunes existe pourtant, mais il semble que les aides, qu'elles interviennent sur la santé, les conditions de vie, ou qu'elles soient sociales ou pédagogiques, à l'intérieur ou à l'extérieur de l'école, n'ont atteint que partiellement ces élèves et influencent encore insuffisamment leurs progrès[3].

1. *Ibid.*

2. L'une de la DP&D, l'autre d'Alain Bentolila à travers l'opération des observatoires locaux de la lecture. Selon les chiffres de l'observatoire de la lecture des Bouches-du-Rhône, respectivement 26 % en CM1 et 29 % en CM2 des élèves de moyenne section sont en dessous de la performance attendue. On distinguera un sous-groupe de 8 % en CM1 et de 10 % en CM2 qui est en grave difficulté, c'est-à-dire qui n'a pas résolu la phase d'acquisition. On retrouve ces estimations dans les chiffres de la DP&D : 10 % des élèves à l'entrée en 6e connaissent de profondes lacunes en lecture et 20 % sont des lecteurs malhabiles qui n'ont pas terminé la phase de renforcement.

3. À la rentrée 1999, une centaine de départements ont participé à la mise en place d'un second contrôle médical à l'entrée au collège. Il vient en complément de la visite des 5-6 ans et s'intéresse au diagnostic des difficultés d'apprentissage et plus particulièrement des dyslexies. L'aide individualisée aux

Les données des centres de sélection des armées faisaient ressortir des corrélations entre les troubles auditifs ou visuels et de mauvaises performances en lecture[1]. Celles-ci prouveraient que des limites certaines ont été atteintes dans les capacités d'intervention en termes de santé publique. La corrélation la plus forte s'établissait sur des déficits auditifs, plus difficilement décelables par les parents comme par les enseignants et dont souvent la portée peut être sous-estimée.

D'autre part, l'importance des travaux sur la dyslexie doit être soulignée. Dans leur diversité, ils n'expliquent pourtant qu'en partie la question de l'illettrisme; en effet, la volonté de cibler une difficulté spécifique de la lecture exclut d'emblée toutes les personnes ayant connu des difficultés d'apprentissage, un environnement socioculturel défavorable, une déscolarisation...

L'apport des sciences cognitives dans les recherches en matière d'illettrisme est indubitable. Il faut toutefois préciser les positions scientifiques de ces recherches dans le cadre d'un travail sur l'illettrisme. Les recherches sur l'illettrisme partent des difficultés de lecture et d'écriture et des conséquences sociales qu'elles engendrent, et cela aussi bien sur le plan individuel que sur le plan sociologique. Les sciences cognitives se concentrent sur le fonctionnement du traitement de l'information par le cerveau, en établissant des descriptions par l'expérimenta-

---

élèves, la remobilisation des réseaux d'aide (RASED), une amélioration des dispositifs relais sont autant d'actions dont les effets seront mesurables sur le long terme.

1. Voir A. Bentolila, *De l'illettrisme en général et de l'école en particulier*, *op. cit.*, p. 98-99, données constituées avec le concours de Pierre Fort à partir des tests de la conscription.

tion et en concevant des modèles d'organisation de systèmes. Elles tentent d'isoler ce qui, dans le traitement de l'information écrite, pose problème. Il s'agit d'établir l'existence de dysfonctionnements spécifiques qui échapperaient au conditionnement affectif, social et culturel.

Les sciences cognitives définissent les troubles spécifiques dans l'acquisition du langage écrit, anciennement nommés « dyslexie ». En établissant d'abord deux types distincts d'études : celles concernant les dyslexies acquises (suite à un accident cérébral) et celles consacrées aux dyslexies développementales (troubles de l'apprentissage). Séverine Casalis et Pierre Lecocq (1992) rappellent : « La dyslexie développementale est classiquement définie en termes de catégories d'exclusion : le QI doit être normal, l'enfant doit avoir suivi une scolarité régulière, ne pas présenter de troubles sensoriels ou neurologiques et ne pas être issu d'un milieu socio-économique trop défavorisé. D'un point de vue opérationnel, la dyslexie se caractérise par un retard en lecture d'au moins deux ans par rapport à ce que prédisent l'âge et le QI. »

L'approche cognitive renseigne très précisément sur des difficultés spécifiques dans l'acquisition de la lecture et de l'écriture. Elle nous est donc précieuse pour décrire les échecs se situant dans la première phase de ces apprentissages ; elle apporte également quelques éléments de réponse pour des difficultés appartenant à l'impossible dépassement de la phase de renforcement.

La dyslexie développementale évoque les difficultés en matière d'identification de mots qui perdurent au-delà des deux premières années usuelles d'acquisition. Les enfants comme les adultes qui en sont victimes ne peuvent s'appuyer sur un système de signes visuels stable. Ils seront sans cesse en proie aux confusions phonologiques ou graphiques, ou bien aux erreurs dans le traitement des groupes de lettres et de leur combinaison.

Les recherches actuelles semblent avoir établi deux faits majeurs, annonçant des difficultés dans l'acquisition de la lecture. Par ordre d'importance : la *conscience phonologique* (voir encadré ci-après) et la *vitesse d'accès lexique* (voir encadré p. 127).

Le rôle de la conscience phonologique dans l'acquisition de la lecture

Par conscience phonologique on entend la capacité à distinguer et à manipuler aisément les sons constitutifs de la langue. La conscience phonologique préexiste de manière plus ou moins grossière à l'apprentissage de la lecture et se renforce au fur et à mesure des différents temps d'acquisition. Reconnaître des rimes, des syllabes identiques affinera cette capacité jusqu'à pouvoir dénombrer les phonèmes composant un mot, même si ces phonèmes paraissent assez abstraits (c'est-à-dire qu'ils ne peuvent habituellement pas être prononcés de manière isolée : les consonnes nécessitent la présence des voyelles pour permettre une articulation naturelle)... Cette capacité de distinction stable des unités phonologiques est indispensable pour l'installation durable de l'identification des mots. Le système phonologique de l'oral est le point d'ancrage du système visuel que constituent les lettres. L'appariement lettre/phonème est une étape cruciale. Toute instabilité dans les relations établies entre la représentation visuelle et la représentation phonologique entraînera des difficultés de déchiffrement[1] et fera perdurer à un niveau conscient des mécanismes qui rapidement doivent devenir automatiques. Outre les correspondances lettres / sons, leur articulation, c'est-à-dire la combinaison des lettres entre elles ou des sons entre eux, est aussi primordiale. Un mot risque d'être plus difficile à lire si sa composition est complexe et son nombre de lettres important (par exemple, une longue suite de consonnes comme dans les mots « angström » ou « transphrastique » gêne leur découverte). La capacité de jongler avec les combinaisons de phonèmes puis les combinaisons de lettres déterminera la facilité à intégrer l'automatisme de l'identification de mots.

1. On trouvera pour nommer ce processus plusieurs synonymes : déchiffrage, décodage, assemblage...

L'étude des dyslexies est centrée sur l'acquisition de l'identification des mots, or il apparaît que de nombreux sujets en situation d'illettrisme n'auront pas une identification des mots véritablement défaillante, mais n'auront pas acquis pour autant une certaine autonomie en lecture et des habitudes cognitives adaptées aux différents types d'écrits.

Cependant, les dyslexies ne riment pas systématiquement avec échec scolaire ni avec exclusion. Ce qui signifie que les difficultés de lecture et d'écriture ne constituent pas un obstacle infranchissable à l'obtention d'un diplôme lorsqu'elles sont prises en compte à la fois dans le milieu familial et dans les établissements scolaires et qu'une prise en charge orthophonique efficace a pu être établie[1].

À l'évidence, l'illettrisme montre l'importance du traitement particulier des dyslexies. Il souligne dans un cadre plus vaste l'urgence d'une coopération mieux assurée encore entre les approches pédagogiques et les approches orthophoniques. Les discours qui tendent à opposer la dimension éducative à la dimension sanitaire jouent en faveur d'un immobilisme coupable.

Ce débat se nourrit de l'ambiguïté longtemps entretenue autour du terme «dyslexie». Pris dans son acception la plus large, il recouvre des cas relevant de la pédagogie durant la phase d'acquisition du code et d'autres cas relevant de véritables spécificités cognitives dues à des affections neuropsychologiques particulières.

Les spécialistes aujourd'hui s'entendent sur le fait que vraisemblablement moins de 5 % d'une classe d'âge seraient concernés[2]. Lorsqu'on considère les résultats de la JAPD, on constate que 5 % des jeunes connaissent des difficultés ayant certainement trait à l'identification des mots. Une partie seulement de ces 5 % serait concernée par des dyslexies très fortement pénalisantes.

1. La dyslexie est reconnue comme un handicap et donne lieu à ce titre à des mesures dérogatoires pour le passage des examens — circulaire nº 94-4 du 22 mars 1994 relative à l'organisation des examens et concours au bénéfice des étudiants handicapés (BOEN nº 14 ; 7 avril 1994). Pour plus d'informations, contacter l'association Coridys — http ://www.coridys.asso.fr

2. «Non, il n'y a certainement pas 10 % de dyslexiques dans la population en général et sans doute même pas 5 %» (J. Morais, G. Robillart *et alii*, ONL. *Apprendre à lire*, Odile Jacob, 1998).

Les recherches sur la dyslexie

On a pendant longtemps considéré qu'un dyslexique était une personne normalement intelligente ayant un retard inhabituel dans l'apprentissage de la lecture. Les performances en lecture et le score du QI étaient alors comparés et permettaient de délivrer le diagnostic. Un QI en dessous des espérances, accompagné de faibles performances en lecture, témoignait d'un retard général de maturité (problème de latéralisation, retard global de la compétence langagière). Lorsque le QI était supérieur aux performances en lecture, on s'autorisait alors à parler de dyslexie, les difficultés de lecture étant jugées spécifiques. La mesure de ces écarts reste problématique ; si l'enfant est particulièrement intelligent, il augmente son risque d'être identifié comme dyslexique, si son QI est faible, les difficultés de lecture risquent de n'être traitées qu'en second lieu puisque l'acquisition de la lecture devrait alors accompagner la maturité intellectuelle.

Les définitions de la dyslexie ont connu de nombreuses variations. Les travaux de Linda S. Siegel ont relativisé l'importance de la mesure du quotient intellectuel dans les recherches sur l'acquisition de la lecture[1]. Ce que l'on reproche aujourd'hui au QI n'est pas tant sa qualité descriptive que l'interprétation des résultats globaux qu'il fournit. L'analyse des sous-tests qui le composent demeure un indicateur précieux mais la synthèse des résultats par l'expression d'un score unique est une entité trop imprécise pour être significative en matière de prédiction pour l'acquisition de la lecture.

Peu à peu le QI a été écarté et deux distinctions particulières ont été retenues pour les dyslexies développementales : la dyslexie de surface (ou dyslexie orthographique), qui relève d'un retard d'apprentissage, et la dyslexie phonologique qui relève d'anomalies spécifiques touchant la première articulation du langage : le système des phonèmes. Ces anomalies se retrouvent donc dans des exercices concernant l'oral, elles recouvrent l'ensemble des langues écrites alphabétiquement et sont persistantes, malgré des traitements suivis[2].

L'hypothèse d'une dyslexie profonde a encouragé les recherches concernant les causes neurophysiologiques. Au début des années 80, et sur l'initiative du neurologue Norman Geschwind à Boston, deux principales anomalies récurrentes sont repérées sur cinq cerveaux de personnes dyslexiques. Depuis, d'autres anomalies microscopiques ont pu être identifiées, concernant les voies visuelles et auditives de l'identification des mots. L'affection de ces voies aurait pour conséquence une perturbation de la perception de certains stimuli, en particulier ceux étant peu contrastés (comme les phonèmes « f » et « v » ou « ch » et « s » ou les lettres proches graphiquement « b » et « d » ou « n » et « m »). La succession rapide des traitements phonologiques amplifie considérablement les difficultés de reconnaissance[3].

De nombreuses observations soulignent les différences physiologiques de certaines dyslexies et interrogent sur un fonctionnement cérébral particulier.

La question qui reste posée devant la fréquence des dyslexies familiales est celle de sa transmission. Un conditionnement génétique semblerait exister. Des études sur des jumeaux monozygotes confirmeraient la transmission de ce trouble. Toutefois, la dyslexie recouvrant de multiples formes, il est difficile d'établir des groupes cliniques strictement comparables. Le cerveau est soumis à une plasticité certaine et sa morphologie évolue sous l'effet des apprentissages. Ce qui signifie que les troubles de la lecture évoluent avec le temps — aussi bien pour s'estomper que pour renforcer certains blocages. Le choix des sujets est donc délicat. Pour identifier une cause commune, encore faut-il que les personnes relèvent de troubles supposés communs.

Dans leurs travaux menés à l'université Yale, E. L. Grigorenko, F. B. Wood, M. S. Meyer et D. L. Pauls prennent la précaution de recruter leur échantillon parmi des adultes dont la dyslexie est persistante et qui ont des dossiers documentés sur leurs troubles depuis les premiers apprentissages. Six critères qui caractérisent la dyslexie sont définis : la conscience phonologique à l'oral, le décodage de non-mots (il s'agit de mots inventés que les lecteurs ne peuvent reconnaître de façon visuelle faute de les avoir rencontrés), la vitesse de dénomination (de couleurs, d'objets, de dessins), la lecture orale de mots isolés, un test de vocabulaire et un test d'épellation (dictée de mots). Ces précautions prises pour constituer le groupe clinique, il semblerait qu'une zone du génome jouerait effectivement un rôle dans la transmission de ce type de dyslexie[4].

L'identification des dyslexies s'établit surtout à partir de tests évaluant la conscience phonologique. Toutefois d'autres pistes sont à l'étude, notamment celle de la *vitesse d'accès lexique*[5] qui rend compte de la disponibilité des mots pour leur traitement sémantique. Elle se mesure d'abord à l'oral en demandant aux enfants de dénommer des images, des couleurs, des lettres ou des chiffres. La promptitude des réponses témoignera de la facilité à rendre disponibles les correspondances nouvelles qu'établit la lecture entre la représentation orale de la langue et sa représentation visuelle[6].

Une autre hypothèse encore insuffisamment vérifiée conduit à penser que le maintien de l'information phonologique en mémoire pendant la lecture constituerait un autre élément explicatif des difficultés, mais de moindre portée.

D'autres travaux encore mettent l'accent sur des troubles de l'attention sélective, sur une difficulté d'intégration sensorielle (passage de la phonie à la graphie et inversement), ou sur un déficit de latéralisation (dû notamment à un retard dans la maturité et qui gênerait les traitements ordonnés des chaînes de phonèmes et de graphèmes). La capacité à automatiser une tâche cognitive (c'est-à-dire à la rendre inconsciente) a également été envisagée comme susceptible de concerner certains cas.

---

1. Linda Siegel est catégorique : elle demande de ne plus l'utiliser dans le but de prédire des capacités d'apprentissage. « *I would like to propose that we abandon the IQ test in the analysis of the child with learning disabilities* », (« IQ is irrelevant to the definition of learning disabilities », *Journal of Learning Disabilities*, vol. XXII, nº 8, octobre 1989.

2. « Les dyslexiques de surface pourraient donc être simplement des mauvais lecteurs ne présentant pas une pathologie spécifique. Ils sont lents à développer un lexique orthographique et cette lenteur justifie une aide appropriée mais le pronostic ne serait pas nécessairement pessimiste. En revanche, les dyslexiques phonologiques pourraient être les vrais dyslexiques, car leur patron de performance est unique ; celui-ci résulterait d'une anomalie dans leur système phonologique » (J. Morais, G. Robillart *et alii*, *ONL. Apprendre à lire*, *op. cit.*).

3. Pour une revue détaillée des recherches en neurophysiologie, voir Michel Habib et Fabrice Robichon, « Le cerveau du dyslexique », article disponible sur le site de Coridys — http ://www.coridys.asso.fr

4. E. L. Grigorenko, F. B. Wood, M. S. Meyer et D. L. Pauls, Department of Psychology, Yale University, New Haven, Am. J. Hum. Genet., nº 66 (2), février 2000, p. 715-723.

5. Cet indicateur peut être recoupé avec les travaux évaluant

la fluidité verbale — Fry (1976) et Schutle (1967) — et sa corrélation aux performances en lecture.

6. Voir Michel Fayol *et alii*, *Psychologie cognitive de la lecture*, PUF, 1992.

Si les approches concernant les dyslexies excluent en règle générale tous les troubles qui ne sont pas spécifiques à la lecture, la problématique de l'illettrisme se doit quant à elle d'en tenir compte. D'autres obstacles comme des troubles du langage (non spécifiques à la lecture, donc qu'on ne peut classer parmi les dyslexies), mal identifiés ou encore négligés vont considérablement gêner l'acquisition du savoir lire/écrire. Un mauvais discernement des sons, des troubles articulatoires (erreur motrice permanente et systématique comme le zézaiement par exemple) ou ceux de la parole (difficultés ponctuelles sur certains mots, certains sons et enchaînements de sons...), un retard dans l'acquisition du langage, des bégaiements, ou plus grave encore les mutismes ou certaines aphasies (troubles neurologiques du langage) seront autant d'obstacles à l'entrée dans l'écrit.

Les personnes connaissant des spécificités neurophysiologiques, ou souffrant de pathologies, pourraient dans certains cas bénéficier de réponses médicales adaptées (traitements orthophoniques, rééducation, psychothérapie, prise en charge psychiatrique). Toutefois, l'accès aux soins dépend fortement du milieu familial et de son degré d'information. Nombre de personnes en situation d'illettrisme n'ont pu affronter ces problèmes, parce que sous-informées et non conscientes des difficultés qu'ils allaient engendrer. Il apparaît que lorsque le niveau social est peu favorisé, le recours à un spécialiste est plus rare. Ce qui ne signifie pas une démission des parents mais plutôt une mauvaise estimation des difficultés. Dans certains cas de dyslexies non reconnues comme telles, les parents pensent pouvoir eux-mêmes apporter des solutions en aidant leurs enfants.

L'illettrisme est la situation dans laquelle se trouvent les personnes qui n'ont pu résoudre durant leur scolarité leurs problèmes d'apprentissage de l'écrit, mais il serait simplificateur de penser que toutes les difficultés viendraient de troubles d'ordre neurophysiologique. Il semblerait que le plus souvent les capacités cognitives de l'enfant soient totalement étrangères à son échec. Ce qui signifie que la potentialité d'apprendre est bien présente mais que l'opportunité de ces apprentissages a été manquée.

L'acquisition de la lecture et de l'écriture peut être empêchée par des conditions psychologiques particulièrement défavorables pour l'enfant. Au moins 1 à 2 % des élèves sont victimes de dépression nerveuse[1]. Ces chiffres concernent les plus gravement atteints et ne doivent pas masquer les détresses psychologiques, tout aussi handicapantes mais moins décelables. Les problèmes familiaux de tous ordres se répercutent sur les capacités scolaires. Certains élèves démissionnent car l'école n'est plus qu'un arrière-plan négligeable de leur vie.

Le contexte scolaire peut également entraîner une vulnérabilité psychologique, sous le regard de l'enseignant ou des camarades de classe à travers la stigmatisation continue d'un échec répété. Le rapport à l'acquisition des connaissances se nourrit d'un certain narcissisme qui donne confiance et renforce l'enfant dans son parcours. Certains élèves ont perdu toute

1. « Dépression et apprentissage chez l'enfant d'âge scolaire », *Santé et apprentissage*, GPLI, La Documentation française, 1994.

confiance. La lecture et l'écriture étant des activités récurrentes, l'échec est constamment rappelé et devient constitutif d'une certaine identité, à travers la blessure narcissique qu'il provoque.

L'éloignement de l'écrit

La maîtrise de la lecture et de l'écriture n'est possible qu'à condition d'intégrer l'écrit dans les pratiques quotidiennes. Éviter de lire et d'écrire altérera à terme ces capacités. Cette mise à l'écart peut tout à fait commencer lors de la scolarité, malgré la pression qu'exerce l'école sur des actes de lecture et d'écriture obligatoires. Lorsque cette pression n'existe plus, le contact avec l'écrit peut être délégué aux proches. Avec l'école obligatoire, la multiplication des écrits nécessaires, les évolutions technologiques et la prédominance de l'information, l'éloignement de l'écrit est devenu un long processus complexe.

L'observation d'adultes en situation d'illettrisme montre la spécificité des habitudes cognitives qui se sont installées pour contourner certaines difficultés. En matière de lecture, il existe des stratégies récurrentes caractérisant les faibles lecteurs. Ainsi, puisque la lecture est laborieuse, la personne limite son effort et tente d'obtenir le maximum d'informations sur le minimum d'indices collectés.

Ce comportement apparaît dès la phase d'acquisition, notamment lors de la structuration de l'identification des mots. Au fur et à mesure du lent décodage, la personne tente de trouver le mot afin de réduire le travail de déchiffrement. Ainsi, un mot comme « parachute » sera lu « parapluie », la lecture se sera arrêtée à «para»[1]. Certains adultes ont figé leur identification de mots balbutiante en utilisant cette lecture détournée.

Un processus identique existe dans le traitement des textes. Ces stratégies ne sont pas toujours vouées à l'échec. De bons lecteurs les utilisent en matière de lecture rapide. Il s'agit de ne retenir que certains points de repère afin de circonscrire globalement le propos du texte. La différence est que lorsque les indices orientent vers des hypothèses de sens trop incertaines, le bon lecteur entrera dans le détail du texte pour résoudre l'incertitude, alors que le lecteur déficient tablera plutôt sur des conséquences logiques, ou sur ce qui est vraisemblable à ses yeux.

À travers l'expérience des mille de Vincennes[2] (voir encadré) ressort une série de comportements qui caractérise des détournements de l'acte de lecture au profit de stratégies plus économiques mais plus incertaines. Ces stratégies sont fréquemment conditionnées par une identification des mots peu efficace. Mais cela n'explique pas tous les échecs, même si l'identification des mots conserve un rôle déterminant.

À partir d'un test de restitution de la compréhension d'un texte lu, certaines voies empruntées pour construire le sens sans toutefois lire véritablement sont révélées.

Les mots au début du texte sont souvent surexploités, le cœur du texte est délaissé et la fin du

1. On trouve cette stratégie sous le nom de «close» ou encore de «point bascule» dans les travaux de recherche.

2. La direction du service national a offert la possibilité de travailler plus en détail sur les jeunes en difficulté de lecture au centre de sélection de Vincennes. Voir Jean-Philippe Rivière, *Le repérage de l'illettrisme*, thèse de doctorat, université Paris V, 1995.

texte voit ses mots quelquefois utilisés pour vérifier si la piste globale d'interprétation est la bonne. Les phrases ne sont pas lues en tant que telles, mais des mots sont retenus et plus particulièrement des noms (substantifs). Dans des restitutions orales d'histoires lues, les verbes sont souvent remplacés par des actions plus générales (développer les photos = faire les photos ; déclarer = dire...), perdant la spécificité des actions qu'ils décrivaient.

Il pourrait sembler qu'à l'instar de la lecture rapide, tous les mots composant le texte ne sont pas lus. Cette attitude n'est en rien prédominante. Le plus souvent, le texte est lu en son entier, mais son traitement sémantique, c'est-à-dire la prise en compte du sens de chaque mot dans son contexte, ne retient que quelques éléments et néglige l'organisation du sens qu'imposent les phrases. Les mots l'emportent sur la syntaxe.

Les mille de Vincennes

L'expérience des mille de Vincennes, déjà relatée par A. Bentolila[1], a permis de décrire certaines constances dans les erreurs de construction du sens à partir d'un texte narratif. L'expérience met notamment en évidence le contournement de la syntaxe. Le texte proposé à la lecture (ci-dessous) devait être restitué oralement afin d'estimer sa compréhension.

« En 1952, à Toulouse, un jeune étudiant en pharmacie, fanatique de science-fiction, avait construit, pour s'amuser, une maquette de soucoupe volante à l'aide de deux poêles à frire et de pièces d'horlogerie. Il suspendit cet engin dans son jardin à l'aide d'un fil de Nylon et en fit des photographies.

Les photographies réalisées, il porta ses pellicules à un laboratoire de la ville. Le garçon de laboratoire, en développant les films, crut découvrir des documents sensationnels et inédits. Le laborantin procéda à des tirages personnels qu'il expédia dans la nuit à divers journaux parisiens.

Le lendemain, les photographies figuraient en bonne place dans les quotidiens du matin... Quelques jours plus tard, l'étudiant réagissait, portait plainte, obtenait des rectifications et des dommages et intérêts... »

Des déviances notables sur les personnages de cette histoire ont été constatées. Une première déviance fut de remplacer l'étudiant par « une étudiante ». Cette féminisation est le produit d'une identification des mots incertaine : le « t » final a été pris en compte dans le déchiffrement (peut-être pris par la liaison avec le *en*) et sa sonorité est restée comme la marque du féminin. Le sens de l'histoire en est quelquefois bouleversé puisque le « il » qui apparaît dans la phrase suivante n'a plus de référence. Devant l'incertitude, le lecteur est dans l'obligation de produire des hypothèses qui alourdissent le travail de construction du sens.

Une autre déviance très fréquente concerne la disparition d'un des personnages du texte. L'étudiant toulousain devient celui qui photographie la fausse soucoupe volante, celui qui développe les photos, celui qui les envoie aux journaux, celui qui porte plainte. La raison se trouve dans le choix des mots qualifiant les personnages. Ces mots ne les opposent en rien. Ainsi, l'étudiant en pharmacie et le garçon de laboratoire ont tous deux en commun la jeunesse (étudiant/garçon) et la science (connotée ici par le laboratoire et la pharmacie). Les mots qui les désignent sont interchangeables et seul le sens construit par les phrases les oppose. Les lecteurs faibles n'atteignent souvent pas la dimension syntaxique du texte. Ils s'appuient fréquemment sur le sens général des mots, non modifiés par le contexte.

Celui-ci, souvent surexploité, fait dériver les mots vers des interprétations erronées : l'étudiant devient, outre une étudiante, le pharmacien, le docteur, le médecin, l'enfant. La maquette de soucoupe volante devient la navette, le vaisseau spatial ; les photographies deviennent les photocopies... (les dérivations s'inspirent aussi bien de la forme que du sens).

L'appui sur les premiers mots du texte permet souvent d'aborder le cadre général de l'histoire (son thème), sans jamais permettre l'accès à sa spécificité : c'est-à-dire sans jamais décrire l'enchaînement original des événements qu'il présente. Nombre de restitutions s'arrêtaient à l'annonce du thème : « En 1952, y a un jeune de Toulouse, y travaillait en pharmacie, et a construit une maquette de science-fiction et heu, il part à... Voilà, c'est tout[2]. »

---

1. Alain Bentolila, *De l'illettrisme en général et de l'école en particulier*, *op. cit.*, p. 25. Pour l'ensemble du corpus, voir J.-P. Rivière, *Le repérage de l'illettrisme*, *op. cit.*

2. *Ibid.*

Si lire consiste à deviner un sens caché au cœur du texte à partir de quelques indices, Alain Bentolila rappelle que de cette manière, il est impossible d'aller à la découverte du sens. L'écrit, s'il n'est que prétexte à déduction, ne peut rien apporter de nouveau. Il est de fait prévisible et peu intéressant. Cette stratégie induit donc un rapport à l'écrit bien particulier et qui favorise à terme un désengagement de la lecture. Elle parasite la phase de renforcement et empêche le véritable travail de construction du sens. De surcroît, elle masque les difficultés par l'abord partiel des textes qui porte quelquefois l'illusion de leur compréhension.

Certaines manières d'exploiter le sens des écrits éloignent de la véritable lecture. Lorsque les personnes se contentent de ces voies de contournement, elles se figent dans l'incertitude de la construction du sens et en viennent à se défier de cette activité qui, par trop aléatoire, peut autant les conduire au contresens qu'à la juste compréhension. Éviter de lire permet d'éviter de se tromper.

La phase de renforcement des compétences en lecture ne sera jamais dépassée. C'est pourtant dans cette phase que va se creuser le considérable écart linguistique entre les personnes illettrées et les autres.

Les travaux de Philip Gough[1] observent ce qui rend le mieux compte de la lecture durant le long processus de son apprentissage : dans la phase d'acquisition, il apparaît que c'est l'habileté du décodage (l'assemblage) qui en témoigne le mieux. En revanche, au collège, ce sont les différences individuelles en compréhension de l'oral qui sont les plus significatives (le décodage obtient des scores insignifiants).

Ainsi l'origine des difficultés s'établirait-elle sur deux causes essentielles : l'établissement du décodage et un déficit de compréhension à l'oral. Ce déficit de compréhension dépendrait pour beaucoup des connaissances acquises, qui se reflètent dans la faible étendue du vocabulaire.

La pauvreté de ce dernier est souvent avancée pour expliquer les difficultés de lecture. Séverine Casalis

1. P. B. Gough, W. A. Hoover et C. L. Peterson, « Some observations on a simple view of reading », *in* C. Cornoldi et J. Oakhill éd., *Reading Comprehension Difficulties. Processes and Intervention*, Mahwah (N.J.), LEA, 1996.

et Pierre Lecocq estiment que parmi les enfants de niveau de fin d'école primaire, le groupe des plus faibles lecteurs (premier décile) lit 50 000 mots par an, en dehors de l'école. Le groupe des plus forts (dernier décile) en lirait 90 fois plus, soit 4 500 000[1]. Ils en concluent que le vocabulaire s'en ressent forcément et que cela ne peut qu'avoir « des incidences négatives sur la mémoire du matériel verbal ». En établissant la pauvreté du vocabulaire comme une conséquence des difficultés de lecture, ils inversent le rapport habituel qui la désigne plutôt comme la cause d'un retard d'acquisition. Un vocabulaire pauvre n'est sans doute pas un point fort dans l'accès à l'écrit et une fois les mécanismes de la lecture mis en place, le contraste ne sera qu'amplifié de manière exponentielle.

Le rapport entre l'oral et l'écrit pourrait se résumer de la façon suivante : l'habileté à manier les sons de la langue à l'oral améliore la conscience phonologique qui elle-même conditionne l'acquisition de l'assemblage. L'assemblage une fois forgé, la lecture s'appuie sur une certaine compétence langagière établie à l'oral. L'exposition à un nombre important d'écrits accroît la base de connaissances et renforce la compétence langagière dans son ensemble.

La nature linguistique d'un texte est toujours plus complexe que celle d'un énoncé oral. L'oral s'appuie sur la gestuelle, les mimiques, l'intonation, la situation de communication, la relation entre les locuteurs, pour étayer le message linguistique. En présence de l'autre, il est possible de lui demander de reformuler ses propos ou de les répéter. L'absence de l'émetteur caractérise la communication écrite. Le code lin-

1. Séverine Casalis et Pierre Lecocq, « Les dyslexies », in *Psychologie cognitive de la lecture*, PUF, 1992.

guistique n'est plus étayé de la même façon. D'autres codes visuels viendront en appui (la ponctuation, la mise en gras, le souligné...), ils concernent essentiellement les mots. Mais la syntaxe perd l'une de ses principales alliées : l'intonation[1]. À l'écrit, l'investissement du lecteur est particulier. Le traitement sémantique passe notamment par la reconstitution des liens entre les signes. Il est le produit d'un entraînement spécifique. On le constate auprès des adultes en difficulté qui, malgré une identification des mots relativement efficace, n'arrivent pas à accéder au sens d'un texte. Ils sont eux-mêmes stupéfaits de constater que leur lecture peut de temps à autre déboucher sur du sens. Ils restent très fortement dépendants de la lisibilité des textes.

Tout lecteur peut être en difficulté face à des phrases complexes, à des mots inconnus. L'apprentissage de la grammaire, l'utilisation du dictionnaire sont là pour régler ces questions. Encore faut-il identifier les éléments gênant la compréhension. La spéculation sur le sens du texte fait que l'écrit dans son ensemble pose problème. Les personnes en difficulté n'auront en général pas les stratégies pour lever les ambiguïtés. Des notions aussi élémentaires que celles de *verbe* et de *sujet* ne sont en général pas connues et la recherche dans un dictionnaire reste un acte laborieux.

La phase de renforcement se transforme au fil des années. De mauvaises habitudes de lecture s'installent, nuisant à l'efficacité. Les lecteurs incertains entrent dans une logique qui n'est plus celle de l'amélioration des compétences en lecture, mais qui au

1. Les calligrammes représentent cette volonté de réinvestir une courbe mélodique qui redonnerait une certaine vie au texte, le rapprochant de l'oral.

contraire peut déboucher à terme sur un désengagement global de l'écrit et une perte des quelques acquis pour aboutir à un rejet violent. Certains jeunes parlent de leur dégoût ou de leur écœurement pour cette activité qui demeure fortement marquée par l'école, à l'opposé des discours qui invoquent le plaisir de lire comme le moteur de l'apprentissage. L'arrêt de leur scolarité se soldera le plus souvent par l'arrêt de tout acte de lecture, du moins pour un temps car les confrontations seront inévitables.

Pour la plupart de ces jeunes, le collège sera le lieu de la séparation sociale. Les recherches depuis longtemps entreprises pour lutter contre l'échec scolaire montrent qu'un des actes majeurs est de préserver des classes hétérogènes, c'est-à-dire alliant les faibles et les forts et d'éviter de les séparer définitivement. Bien entendu, un soutien ponctuel, des démarches pédagogiques spécifiques, un traitement indépendant des difficultés sont souhaitables. Mais lorsqu'il s'agit de former pour une année scolaire entière des classes regroupant les élèves en difficulté, l'aide apportée stigmatise l'échec et la classe de soutien devient à elle seule la filière de relégation.

En règle générale, dans de telles situations, les élèves comme les enseignants seront moins efficaces et les progrès très difficiles à établir. Or, la séparation en classes de niveau est fréquente à l'intérieur des collèges, soit par le truchement d'options (comme le latin ou le grec), soit par la mise en place de classes de soutien qui ne sont en fait que des sas d'orientation vers les filières courtes[1]. L'implanta-

1. Voir le rapport de François Dubet sur le collège, 1999: «Les quatrièmes de soutien doivent être maintenues. Mais alors il convient d'affirmer la spécificité de ces classes et de se donner les moyens de faire en sorte qu'elles soient construites autour d'un véritable projet d'enseignement efficace, suscep-

tion géographique des établissements opère exactement la même sélection. Les collèges de quartiers défavorisés regroupent les plus grands nombres d'élèves en difficulté.

L'échec est toujours amer, et emporte avec lui les emblèmes de la culture scolaire. Dans le lot, l'écrit tient une large place. À sélection culturelle, réaction culturelle. L'argot des adolescents en est la plus manifeste illustration. Il s'oppose à la langue institutionnelle, qui est souvent perçue, lorsqu'elle est le modèle de l'oralité, comme alambiquée, ampoulée, et servant l'artifice. L'argot se voudrait spontané, et authentique. Pour ceux qui partagent ses secrets, il est un signe de reconnaissance. Afin de ne pas être galvaudé et pour garder sa force, il ne cesse d'évoluer, faisant proliférer les synonymes rapidement caducs. Son aspect ludique et créatif a toujours séduit, sa force expressive s'établit sur la connivence des codes et des clins d'œil. Mais derrière ces atours, il constitue l'un des facteurs d'éloignement de l'écrit les plus efficaces. Car très vite, les habitudes linguistiques se forgent et cela au détriment du français, qui devient malhabile, hésitant et confus. L'argot encourage un repli identitaire qui peut constituer, lorsqu'il est exclusif dans son usage, une véritable ghettoïsation linguistique.

---

tible de permettre un rattrapage des difficultés et un retour vers les autres classes. Autrement dit, ces classes devraient être soumises à une évaluation constante et elles devraient être fermées ou redéfinies quand elles se transforment en simple filière de relégation. »

Dans et hors de la culture de l'écrit

Dans de nombreux pays, il existe une forte corrélation entre les performances en lecture et le type d'emploi occupé. La profession des parents reste également déterminante dans la réussite scolaire. Toutefois, le conditionnement social n'est pas systématique. Il faut garder à l'esprit que l'éducation porte toujours l'espoir, aux yeux des parents, d'un mieux-être, voire d'une promotion sociale pour leurs enfants. Cela fut le moteur de l'alphabétisation des Français et cela reste encore l'un des piliers de l'institution scolaire.

Certains groupes sociaux sont restés en dehors de cette logique, négligeant ou refusant de scolariser leurs enfants. Il ne s'agit plus à proprement parler d'illettrisme mais plutôt d'analphabétisme. L'absence de scolarisation reste extrêmement rare aujourd'hui en France. Elle concerne surtout des populations marginalisées économiquement ou par leur mode de vie, caractérisées soit par le nomadisme, soit par un isolement quasi autarcique. Parmi les jeunes, certains analphabètes déclarent (quelquefois avec arrogance) qu'ils ne sont pas allés à l'école. Mais il s'agit plutôt de scolarisations interrompues et épisodiques, qui débouchent sur des déscolarisations précoces, bien avant l'âge de 16 ans. Des groupes sociaux sont plus particulièrement touchés par ce phénomène. Les gens du voyage, qui représentent une communauté d'environ 250 000[1] personnes sur le territoire national, connaissent parmi les adultes un taux d'analphabétisme de 70 à 80 %. Entre 50 et 60 % des jeunes en âge scolaire suivent une scolarité régu-

1. Plus de 85 % sont de nationalité française.

lière, les autres la suivraient par intermittence ou bien ne sont pas scolarisés. Le passage à l'école ne garantit pas une maîtrise réelle de la lecture et de l'écriture. Un infime pourcentage des jeunes atteint le niveau du secondaire [1]. Ils sont en général déscolarisés à 14 ans.

Pour les Tsiganes, la forte tradition orale maintient l'écrit hors de leur culture. L'écriture est perçue comme un trait de la culture du *gadjo*, le sédentaire, le non-Tsigane. Elle demeure sans valeur sociale au sein du groupe. L'école est ressentie comme imposant un modèle culturel qui sépare les enfants des parents. Les conditions du voyage, l'acceptation difficile des enfants dans les classes pour des courtes périodes s'ajoutent à leur méfiance envers l'école. Les modes de vie tsiganes entretiennent par leurs contraintes un certain analphabétisme, même si l'accès au savoir pour les plus jeunes est aujourd'hui de plus en plus revendiqué. Leur perception de l'école est nourrie de leur expérience en tant qu'enfants. Le point de vue du parent d'élève est très difficile à adopter. L'image de l'enseignant correspond souvent au vieux stéréotype des blouses grises de l'école de Jules Ferry d'où émane l'autorité intransigeante du savoir. Le passage à l'école est envisagé comme une période courte, au cours de laquelle on apprend surtout à lire, à écrire et à compter.

Les efforts mutuels des sédentaires comme des gens du voyage ont multiplié les possibilités de scolarisation qui sont malgré tout toujours insuffisantes. Du côté des sédentaires, de nombreuses initiatives

1. Rapport de mission du préfet Delamon sur la situation des gens du voyage, 13 juillet 1990, cité par Pierre Ley, « Statut de l'écrit et illettrisme chez les Tsiganes », *in* Béatrice Fraenkel (sous la dir. de), *Illettrismes*, Centre Georges-Pompidou, collection Études et Recherches, décembre 1993.

institutionnelles ou d'associations ont facilité l'accès à l'enseignement (bus-école, réseau relais, formation des enseignants, diversification et adaptation des outils pédagogiques). La volonté de permettre à leurs enfants l'accès à la lecture et à l'écriture est de plus en plus fréquente chez les Tsiganes. Toutefois, il semble qu'il y ait un déplacement du problème puisque de l'analphabétisme, ce groupe évolue vers un illettrisme plus fréquent : les Tsiganes sortent peu à peu de l'incapacité totale de lire et d'écrire pour une acquisition peu fonctionnelle de ces savoirs. L'absence d'utilité réelle de l'écrit dans la communauté conduit à une rapide évanescence de compétences insuffisamment fixées.

D'autres milieux sociaux sont touchés par l'analphabétisme ; parmi eux, on citera les plus marqués : les forains, les bateliers, les marins-pêcheurs, les ferrailleurs, les ouvriers agricoles... À la différence des gens du voyage, qui, ne l'oublions pas, n'ont en général pas le français comme langue maternelle et qui forment une communauté culturelle possédant une identité très forte, ces milieux constituent des contextes sociaux dans lesquels peut se reproduire un analphabétisme qui dépend fortement de la culture familiale. Les propos des jeunes analphabètes, recueillis au cours des « trois jours » de l'ancien service national, témoignent d'un discours de défense et de justification de leur situation directement hérité du père : lire ou écrire, « ce n'est pas vraiment travailler », il fait lui « le vrai travail » (construire le chapiteau) qui implique de la force physique et du courage, laissant « aux femmes les papiers » ; « cela ne sert à rien » ; ou encore : « mon père, y sait pas lire et écrire, ça l'a jamais empêché de travailler » ; « mon père, y m'a dit que ça [lire et écrire], c'est pas pour nous[1] ». Souvent l'écrit est un domaine plutôt réservé aux femmes, ou bien perçu comme tel. Il s'agit donc d'épouser une femme sachant lire et écrire pour résoudre la question de ces apprentissages. Comme pour les gens du voyage, entrer dans la sphère de l'écrit devient alors un acte d'éloignement de la culture familiale, un déni du parcours du père et des valeurs qu'il a transmises. La déscolarisation précoce est vécue comme un trait d'appartenance, un signe de filiation.

Un analphabétisme qui passe d'une génération à l'autre existe encore et peut continuer à exister à travers de petites activités économiques que la ruralité favorise. L'effet historique d'un retard d'alphabétisation des campagnes apparaît toujours sensible aujourd'hui. Mais ces activités servant à subvenir aux besoins familiaux sans dépendre trop fortement des autres ne sont toutefois pas l'apanage des campagnes. Les ferrailleurs, les bateliers, les marins-pêcheurs sont autant concernés. Dans tous ces cas, l'analphabétisme s'appuie sur le fait que l'écrit n'a semble-t-il pas sa place dans l'activité de *survivance*, il reste inutile et le restera ainsi de père en fils.

Les frontières floues de l'analphabétisme

Un autre analphabétisme existe en France, issu de l'immigration. Dans les premiers temps, la problématique de l'illettrisme voulait absolument distinguer et exclure le cas des personnes étrangères dont la langue

1. Jean-Philippe Rivière, *Les mille de Vincennes*, rapport d'étude, 1991.

maternelle était autre que le français[1]. Il s'agissait de les regrouper sous la bannière du français langue étrangère (FLE). Mais ces distinctions sont bien floues. Les personnes ayant émigré de l'Afrique du Nord (et qui représentent la plus forte proportion des migrants) ont pour beaucoup une certaine connaissance du français, qui n'est d'ailleurs pas considéré comme une langue étrangère, mais comme une langue seconde, enseignée dès le primaire. Pour ces personnes, des difficultés dans la maîtrise fonctionnelle de l'écrit se posent donc dans des termes proches de ceux de l'illettrisme. Cela se traduit concrètement sur le terrain, puisque nombre d'actions de lutte contre l'illettrisme ont comme participants des personnes issues de l'immigration. Elles n'ont pas à découvrir une langue nouvelle, mais plutôt besoin de préciser et d'enrichir un fonctionnement. L'insistance des premiers temps sur le fait que l'illettrisme concernait des personnes françaises aurait pu faire croire que les personnes étrangères relevaient d'autres logiques (le français langue étrangère et les réponses destinées à l'accueil des immigrés). L'opposition français / étranger doit nécessairement être nuancée et la forte distinction voulue lors de l'apparition du concept de l'illettrisme n'a fait qu'anticiper les débats houleux des années 70 à 90 sur la question de l'insertion des familles immigrées.

La scolarisation, et notamment en Afrique, est loin d'atteindre les taux européens. Pour les pays ayant maintenu l'enseignement du français en primaire, les personnes auront des compétences en français lu, écrit et parlé très variables et fortement dépendantes de leur niveau socio-économique. Ainsi, ces systèmes scolaires produisent *massivement* les trois types de relations à l'écrit que nous avons jusqu'alors définis : une maîtrise fonctionnelle (la littératie), des difficultés importantes (l'illettrisme), l'incapacité (l'analphabétisme).

Dans une optique plus globale, posant la question du rapport à l'écrit quelle que soit la langue d'origine, les données de l'UNESCO citées dans le tableau ci-après renseignent sur l'analphabétisme des principaux pays d'où est issue l'immigration (taux d'analphabétisme en fonction des principaux pays concernés).

Pour l'illettrisme, seul l'indicateur indirect du temps de scolarité donnerait un indice fragile sur la maîtrise de la lecture et de l'écriture. On retiendra qu'il sera plus simple de faire acquérir le français lu écrit et parlé à une personne sachant lire et écrire dans sa propre langue. La connaissance même rudimentaire des logiques grammaticales constitue un appui pédagogique important.

FIGURE 14

L'alphabétisation en 1995 (en %)

Pays	Taux d'alphabètes	Hommes	Femmes
Algérie	62	74	49
Tunisie	67	79	55
Maroc	44	57	31
Sénégal	33	43	23
Mali	31	39	23
Cameroun	63	75	52
Côte-d'Ivoire	40	50	30
Congo	75	83	67

Source : UNESCO, 1995.

1. Voir B. Lahire (*L'invention de l'illettrisme, op. cit.*) pour une analyse de cette distinction, apparemment nécessaire pour une affirmation de la notion spécifique d'illettrisme et l'« autonomisation du nouveau problème social ».

En France, l'analphabétisme reste l'exception et ce qui le motive diffère des causes profondes de l'illettrisme. Même si les diplômes ont été « dévalués », même si les ambitions de réussite sont quelquefois ramenées à la modeste ambition de l'insertion, l'empreinte scolaire marque la société française puisque la France reste l'un des pays au monde où le diplôme détermine le plus fortement le parcours professionnel. L'école semble demeurer le moyen pour satisfaire les attentes éducatives des parents. Leur volonté forte qui s'exprime à travers la pression pour la réussite est un des éléments moteurs des apprentissages. Toutefois, les mécanismes de la reproduction sociale semblent persister, puisque les chiffres de 1999 confirmaient que les enfants de cadres avaient toujours plus de chances d'accéder à un niveau d'études élevé que les enfants d'ouvriers [1].

Il n'y a, semble-t-il, pas de démission éducative spécifique aux milieux défavorisés. Mais contre la volonté de réussir, s'érigent d'autres blocages. Vouloir la réussite scolaire de son enfant ne suffit pas, encore faut-il savoir ce qui la favorisera. L'hypothèse d'une transmission involontaire d'un rapport à la langue qui fausserait les bases de l'apprentissage de l'écrit peut éclairer certains blocages.

Il faut ici souligner que le rapport à la langue est aussi important que la langue par elle-même. Si un

1. Mélanie Cazes et Jean-Marc Lucas, *Les jeunes et les villes*, GERI, Institut Paul-Delouvrier, Paris, 2001.

parler argotique ou dialectal, une mauvaise maîtrise du français par les parents peut présenter un certain handicap transmis aux enfants, la représentation de ce qu'est la langue est tout aussi importante que la pratique langagière. Les enfants qui doivent apprendre le français comme langue étrangère reçoivent une plus grande stimulation linguistique et connaissent, pour des milieux sociaux équivalents par rapport aux élèves ayant le français comme langue maternelle, de meilleurs résultats en matière scolaire. Penser que les langues seraient en interférence et nuiraient à l'acquisition de la lecture et de l'écriture serait simplificateur et n'est jusqu'alors pas démontré.

Ce sont d'abord les parents qui, par leur médiation[1], construiront les représentations de ce qu'est parler, écouter, lire et écrire. Le fait de jouer avec les mots, les sonorités, de valoriser l'acquisition du vocabulaire, de favoriser l'apprentissage de langues étrangères, de rendre la lecture et l'écriture familières et d'inciter à dialoguer constituent autant d'éléments qui viendront structurer les représentations des activités langagières.

Le constat des différences flagrantes entre les élèves à l'entrée en maternelle a incité le ministère de l'Éducation nationale à rendre possible une scolarisation précoce des enfants à partir de deux ans afin de gommer les inégalités devant l'éveil linguistique. Pour Alain Bentolila, cette initiative porte en elle des limites très fortes. Il rappelle que pour l'enfant, apprendre à parler s'établit dans la relation à

1. Le terme de médiation souligne le rôle de celui qui transmet les connaissances en le posant comme l'interprète du monde. Il ne transmet pas seulement des connaissances mais aussi ses valeurs morales, ses goûts, sa subjectivité. Voir Reuven Feuerstein, « L'expérience de l'apprentissage médiatisé », *in* A. Bentotila (sous la dir. de), Entretiens Nathan, Actes nº 4, 1994.

l'adulte, en tant que modèle. Un véritable soutien linguistique ne pourrait être possible qu'en petit groupe qui favoriserait une interaction riche avec l'enseignant. Il serait illusoire de penser que l'école dans ce rôle puisse se substituer à la bienveillance des parents. Les expériences en la matière éclaireront sans doute mieux la capacité d'intervention de l'école dans le soutien du développement langagier.

Au-delà de la question linguistique, la connaissance qu'ont les parents du processus scolaire reste également déterminante. Comment fonctionne l'enseignement ? Quel dialogue avec les enseignants ? Quel programme ? Quels choix peut-on opérer ? La communication avec l'institution scolaire est loin d'être évidente et nombreux sont les parents qui considèrent ne pas pouvoir réellement intervenir dans la scolarité de leurs enfants.

Fort de la volonté et du savoir, il faut encore pouvoir mettre en place un cadre favorisant la réussite scolaire des enfants. Les observations d'ATD Quart Monde montrent le poids du handicap économique et social dans l'école d'aujourd'hui. Elles décrivent des familles vivant en surnombre dans de très petits appartements. Les conditions matérielles peuvent constituer de véritables obstacles et les enfants ne peuvent pas toujours suivre le mode de vie qu'impose l'école. La psychologie met en évidence l'importance du respect des rythmes physiologiques dans les apprentissages[1], et les impossibilités d'assimilation que provoquent des états de fatigue négligés. Il existe de façon certaine un illettrisme fortement marqué sur le plan économique, et qui concerne les milieux de l'extrême pauvreté. Les conditions de vie posent des limites évidentes aux capacités d'apprentissage.

1. *Santé et apprentissage, op. cit.*

[illegible]

[illegible] de [illegible]

[illegible]

[illegible] calmes [illegible]

[illegible]

[illegible]

CHAPITRE IV

LES LOGIQUES SOCIALES D'EXCLUSION

Au cours de ces dernières années, le lien entre l'illettrisme et l'exclusion a été bien souvent considéré comme allant de soi. Pourtant, dès 1986, des chercheurs se sont interrogés sur la réalité de ce lien et sa compréhension reste difficile. Les positions de principe dominent le débat alors que les études manquent pour rendre l'observation du phénomène plus objective. Le sens du mot illettrisme ne serait certainement pas le même si le phénomène de l'exclusion ne lui était pas accolé.

D'autres recherches ont montré que l'écrit n'a cessé d'occuper une place croissante dans l'entreprise et cela sur l'ensemble des secteurs économiques, poussant les personnes illettrées hors de l'emploi.

L'illettrisme serait alors sanctionné sur le marché du travail, et entraînerait marginalisation et exclusion.

Illettrisme et vulnérabilité sociale

Les premières descriptions d'ATD Quart Monde ne peuvent dissocier l'illettrisme de l'exclusion, puisque dès 1977, ce mot est pour la première fois employé justement pour décrire des populations exclues (voir chap. I). La diffusion du concept et sa reprise par d'autres acteurs de la vie économique et sociale, par des universitaires ou par des journalistes, pousseront à relativiser l'implication par trop systématique que sous-entendent ces premières observations. En 1984, les auteurs du rapport au Premier ministre, *Des illettrés en France*, prendront leurs distances en rappelant : « Pour autant, il serait réducteur de faire de l'illettrisme le décalque parfait de la pauvreté. » L'exclusion, comme la pauvreté, ne serait qu'une conséquence possible de l'illettrisme.

Dès lors, des travaux sur le contournement de l'écrit ont mis en valeur les capacités d'adaptation des personnes illettrées, qui réinventaient des codes (à l'aide de symboles, de dessins), utilisaient des techniques de mémorisation ou de comptage[1], et développaient des ruses pour cacher leur illettrisme... Loin d'une marginalisation systématique, elles semblaient pouvoir s'intégrer dans la vie sociale et professionnelle.

Au fil des années, le lien entre illettrisme et exclusion est ainsi devenu plus lâche, et son analyse plus complexe. Cette évolution salutaire a mis fin à certains raisonnements par trop mécanistes.

Toutefois, les conséquences relatives de l'illettrisme ont conduit à s'interroger sur la réelle gravité du phénomène social. En 1986 un premier ouvrage mettait en doute son importance. Jean-François Lae et Patrice Noisette[2] relevaient notamment le paradoxe

1. Sachant qu'elle doit descendre à la onzième station, la personne a onze petites pierres dans sa poche gauche. À chaque station, elle change une pierre de poche.

2. Jean-François Lae et Patrice Noisette, *Je tu il elle apprend. Étude documentaire sur quelques aspects de l'illettrisme*, MIRE, série « Le point sur », ministère des Affaires sociales et de la Solidarité nationale, 1986.

d'un écrit toujours présenté comme indispensable et qui pouvait malgré tout être évité durant des années.

Cette critique de l'illettrisme propose de se défaire de certaines idées préconçues sur l'indispensable place de l'écrit au sein de nos sociétés. Vivre hors de l'écrit ou ne l'utiliser que très peu semblerait ne pas entraîner systématiquement les souffrances sociales si souvent décrites dans les discours militants des années 70 et 80. Les personnes illettrées s'appuient sur leur entourage pour remplir les papiers, lire les lettres, etc. développant des stratégies de compensation. La compensation de leur illettrisme prend alors de multiples formes. L'autonomie sociale par l'acquisition du lire et de l'écrire — qui reste, selon les tenants de la lutte contre l'illettrisme, l'objectif à atteindre — serait une illusion. Si, par être autonome, il faut entendre être capable d'agir par soi-même, l'apprentissage de la lecture et de l'écriture ne donne qu'un pouvoir dont la portée reste hypothétique puisque savoir lire et écrire n'augure pas de l'utilisation qui en sera faite. Les conséquences sociales de l'illettrisme sur l'autonomie des personnes ne doivent pas être exagérées au regard d'autres facteurs majeurs, sans doute tout aussi importants comme les capacités physiques, les revenus, les situations professionnelles, familiales... À ce propos, Bernard Lahire souligne les excès de certains discours militants présentant la maîtrise de l'écrit comme la solution au problème de l'exclusion[1].

Deux positions ressortent de cette approche critique : si l'illettrisme engendre effectivement l'exclusion, il devient un phénomène de premier plan qui menace les personnes, voire le fonctionnement social.

1. B. Lahire, *L'invention de l'illettrisme*, *op. cit.*

Si ce n'est pas le cas, il faut semble-t-il accepter l'idée qu'il est aujourd'hui possible de vivre en dehors de l'écrit sans avoir besoin d'en dramatiser les conséquences.

Plutôt que l'exclusion, l'illettrisme entraîne certainement une dépendance envers ceux capables de lire et d'écrire. Deux ordres de dépendance peuvent être distingués : le premier est lié à la capacité de réaliser des actes ponctuels de lecture et d'écriture ; le second est plutôt lié aux savoirs (et notamment à l'accès à l'information) que permet d'obtenir un rapport aisé à l'écrit. Ces deux aspects de la dépendance sont fortement imbriqués certes, mais ils interviennent de manière inégale dans la résolution des problèmes que pose l'écrit. Ainsi, écrire une lettre à un parent ou se faire lire un courrier ou encore répondre à la maîtresse d'école ne nécessite que l'aide momentanée d'un lecteur/scripteur[1]. Cette dépendance paraît consciemment gérée dans certaines familles. Les tâches administratives peuvent, par exemple, être confiées aux mères (chez les forains) ou à des proches. Ce lien de dépendance ou d'entraide peut être durable et peut même renforcer l'unité familiale, car les personnes sont, en général, parfaitement conscientes des limites que leur impose leur faible capacité de lecture et d'écriture.

En revanche, pour faire valoir ses droits au RMI, résoudre un problème d'héritage, affronter un divorce ou une situation d'endettement, le seul soutien d'une personne proche, capable de lire et d'écrire, ne saurait suffire. Il faut alors qu'une véritable assistance puisse prendre le relais. Des écrivains publics, bénévoles ou non, des travailleurs sociaux ou des associations caritatives peuvent devenir des inter-

1. Personne sachant écrire.

FIGURE 15

Mesure des performances en lecture auprès des bénéficiaires du RMI, des détenus et des conscrits

Catégories de lecteurs et de non-lecteurs	RMI 1993-1994*	Détenus en maison d'arrêt 1997**	Estimation ministère de la Défense 1995***
Personnes dans l'incapacité de lire	12 %	6 %	1 %
Personnes capables, au mieux, d'identifier des mots	12 %	9 %	3 %
Personnes capables, au mieux, de comprendre des phrases simples	11 %	8 %	4 %
Personnes capables, au mieux, de comprendre partiellement un texte court / un document	31 %	17 %	12 %
Lecteurs n'ayant pas de difficultés	34 %	58 %	80 %
Non francophones	-	2 %	-

Sources : J.-P. Rivière, « Le repérage de l'illettrisme en milieu pénitentiaire », *in La lutte contre l'illettrisme en milieu pénitentiaire*, Travaux et documents de la Direction de l'administration pénitentiaire, 1997, p. 67-139 ; *Le repérage de l'illettrisme*, *op. cit.*

* Calcul établi sur un échantillon de 1 009 personnes représentatif de la population RMI.

** Calcul établi sur les entrants en détention (auprès des maisons d'arrêt participant à l'opération en 1996-1997), effectif de 10 894 personnes.

*** La date de 1995 est retenue pour la comparaison car la

mesure procède alors de la même méthodologie, construisant des profils de performance en lecture. Il faut bien garder à l'esprit la spécificité des populations : les conscrits sont exclusivement des jeunes hommes entre 17 et 25 ans. Les allocataires du RMI ont de par la loi une moyenne d'âge bien plus élevée et l'échantillon respectait la représentativité des sexes de cette population. L'effet de l'âge et du sexe n'est pas neutre et contribue à affirmer les différences sur le plan des performances en lecture.

médiaires de premier plan dans le rapport aux écrits.

Lorsque aucune assistance n'est possible, les risques de marginalisation et d'exclusion semblent majeurs. L'évaluation des performances en lecture de populations fortement marquées par l'exclusion donne une première indication sur la vulnérabilité sociale qu'entraîne l'illettrisme. Plusieurs enquêtes ont été réalisées ces dernières années, qui permettent de mieux cerner certaines tendances (figure 15).

En 1993, une enquête, réalisée auprès des bénéficiaires du revenu minimum d'insertion établissait, pour cette population, une très forte représentation de personnes en difficulté de lecture. L'enquête se déroulait sur une année et concernait 13 départements de métropole[1]. L'échantillon (1 009) comportait 12 % de personnes en totale incapacité de lire (analphabètes) et 54 % de personnes connaissant des difficultés de divers ordres.

En 1995, une évaluation adoptant une méthodologie identique prenait place dans les centres de sélection des armées, auprès des jeunes conscrits. Cette évaluation permettait d'estimer les performances en

1. DIRMI (GPLI). Voir également A. Bentolila, *De l'illettrisme en général et de l'école en particulier*, *op. cit.*

lecture d'une population non marquée par l'exclusion. Si 3 % dcs conscrits ne pouvaient que lire des mots, sans exploiter efficacement des écrits plus complexes, les personnes connaissant de telles difficultés étaient quatre fois plus nombreuses parmi les allocataires du RMI. De même, alors que 4 % des conscrits traitaient efficacement les phrases, sans pouvoir accéder au sens d'un texte court, 11 % des bénéficiaires du RMI se situaient à ce niveau de performance.

Dans cette même enquête, une statistique induisait le fait d'une exclusion durable que pouvait engendrer l'illettrisme. L'étude des performances en lecture en fonction de la date d'inscription au RMI montrait que les personnes ayant de faibles performances sortaient avec difficulté du dispositif. Parmi les personnes analphabètes (125 dans l'échantillon), 49 % étaient inscrites au RMI depuis au moins trois ans. Le dispositif retiendrait-il malgré lui les personnes les plus en difficulté face aux écrits et serait-il un lieu de passage pour les autres ? Cette hypothèse aux conséquences lourdes resterait à consolider. La montée en puissance du nombre de bénéficiaires dans les années 90 [1] a révélé les limites de la réinsertion : non seulement les personnes sortaient difficilement du dispositif RMI (en 1996, 37 % des allocataires étaient inscrits depuis plus de trois ans, dont 18,7 % depuis plus de cinq ans), mais les difficultés économiques d'alors provoquaient de nouvelles inscriptions. L'illettrisme jouerait-il un rôle majeur à la fois dans la marginalisation des personnes et dans leur maintien au revenu minimum ? Une démarche complémentaire nécessiterait d'être menée, toute-

1. Sur la période 1993-1996 le nombre de bénéficiaires est passé de 792 947 à 1 010 472, soit une progression de 21,5 %.

fois les statistiques de description de la population RMI semblent conforter l'hypothèse d'une surreprésentation des personnes ayant un très faible niveau d'études : en 1995, 42,5 % des bénéficiaires du RMI avaient un niveau inférieur à la 3e, 20,1 % étaient du niveau 3e ou bien avaient une formation professionnelle inachevée.

Sur l'année 2000, la récente reprise de la croissance a, semble-t-il, bloqué la progression du nombre de bénéficiaires. Toutefois, une décrue similaire à celle du nombre des chômeurs ne paraît pour l'heure pas encore amorcée.

D'autres statistiques sur une population marquée par l'exclusion sont données par le dispositif de repérage de l'illettrisme à l'entrée des maisons d'arrêt (1997). Celui-ci a permis, selon des principes d'évaluation identiques aux enquêtes précédemment citées, de décrire les performances en lecture des « entrants en détention ».

Cette enquête distinguait les non-francophones qui ont été comptabilisés à part. Il en ressortait une fois encore que les difficultés de lecture concernaient une partie importante de la population des entrants en détention : il y avait six fois plus d'analphabètes dans les maisons d'arrêt que parmi les conscrits ; trois fois plus de personnes ayant des difficultés à lire des mots ; deux fois plus de personnes qui au mieux ne comprenaient que des phrases simples. Aux 6 % de personnes se trouvant dans l'incapacité de lire s'ajoutaient 34 % des effectifs connaissant des difficultés de divers ordres. Le plus fréquent illettrisme parmi les populations bénéficiant du RMI ou les détenus en maison d'arrêt semble confirmer une plus grande vulnérabilité de ces personnes.

Enfin, la faiblesse des revenus des personnes en situation d'illettrisme ne facilite pas leur insertion.

Statistique Canada, dans une étude complémentaire de l'International Adult Literacy Survey[1] (1998), a voulu estimer la vulnérabilité économique liée à la difficulté à traiter l'écrit. Elle rapporte la série de faits suivants : les personnes très en difficulté pour lire et écrire ont souvent des revenus très faibles. Près d'un tiers des personnes les plus en difficulté de lecture vivent en moyenne avec moins de 15 000 dollars canadiens (72 000 francs) par an. Aucune personne ne vit avec moins de cette somme parmi celles qui ont le mieux réussi les tests de lecture et d'écriture. Le montant des revenus suit la compétence en lecture, les moins performants ont un revenu moyen inférieur de 46 % au revenu des plus performants.

Le risque d'appartenir à la catégorie la plus démunie est six fois supérieur lorsque les plus faibles scores au test sont obtenus. Ces personnes connaissent plus le chômage (55 % sont sans emploi, contre 26 % parmi les lecteurs efficients), et occupent des emplois plus précaires (parmi les personnes travaillant, un tiers seulement n'a pas changé d'emploi durant l'année). Les femmes souffrent plus de leur illettrisme, et connaissent des revenus plus faibles encore à compétence égale. En moyenne, celles-ci bénéficient plus de l'assurance chômage et des aides sociales mais ne recherchent pas d'emploi : 41 % des femmes en situation d'illettrisme sont au foyer contre 15 % des femmes ayant bien réussi les tests.

Une telle approche ne peut malheureusement pas être confrontée à des données françaises puisque aucune étude n'a jamais été développée dans ce sens.

1. Vivan Shalla et Grant Schellenberg, *La valeur des mots : alphabétisme et sécurité économique au Canada*, Statistique Canada, nº 89-552, MIF, nº 3, Ottawa, mai 1998.

Illettrisme et emploi : de la tolérance à la sanction

Les enquêtes quantitatives présentées précédemment indiquent un illettrisme fréquent des populations exclues, sans pour autant décrire les processus qui favoriseraient l'exclusion des illettrés. On ne dispose sur ces processus d'aucune donnée quantitative. Toutefois, d'autres observations, sur les restructurations économiques, les nouvelles organisations du travail et l'importance accrue de l'écrit sur les lieux de production, conduisent à penser que les personnes en situation d'illettrisme ont été, au fil des années, écartées de l'emploi.

Ce processus semble relativement récent. Sa visibilité pourrait être datée du moment où l'État proclame, à travers la création du GPLI (1984), son engagement officiel dans ce que l'on nommera la lutte contre l'illettrisme. Les observations ci-après des performances en lecture à travers différentes générations montrent que, par le passé, l'emploi semblait s'en accommoder. L'enquête Infométrie de 1988 avançait que les tranches d'âge les plus concernées par les difficultés de lecture et d'écriture étaient les personnes scolarisées avant 1955. L'enquête internationale de l'OCDE (EIAA, 1995-1997) notait : « Dans tous les pays, l'âge a une très grande influence sur le rendement en lecture de la population, les personnes jeunes obtenant généralement de meilleurs résultats à cet égard que leurs aînés... » L'ouvrage de Christian Baudelot et de Roger Establet, intitulé *Le niveau monte*[1], allait dans le même sens. Aussi bien sur les

1. Seuil, 1989.

indicateurs scolaires comme le rallongement de la scolarité, l'obtention du certificat d'études ou du baccalauréat que sur l'indicateur psychométrique[1] que fournissaient les centres de sélection des armées.

Le rapprochement de l'ensemble de ces résultats au niveau d'emploi des Trente Glorieuses interroge. La société d'alors paraissait mieux s'accommoder d'une main-d'œuvre peu qualifiée. Si l'illettrisme depuis les années 70 semble écarter du travail, une profonde mutation des modes de production a accompagné ces temps difficiles. Les logiques tayloriste et fordiste intégraient une population ouvrière réduite à la capacité de produire une série de gestes de manière répétitive, sans avoir réellement besoin de savoir lire ou écrire. L'un des principes de l'organisation scientifique du travail selon Taylor était justement de dissocier la conception de la production (la logique successive des tâches, des gestes le permettant) : le travail ouvrier était constitué de mouvements automatiques prévus par d'autres personnes, les ingénieurs[2].

La mise à l'écart des personnes en situation d'illettrisme est concomitante de l'évolution des méthodes de travail. Une tendance sur le long terme, amorcée dans les années 70, montre une très forte diminution des emplois de type « ouvriers spécialisés » ou « manœuvres » et *a contrario* une augmentation

1. La psychométrie est la mesure des capacités cognitives par des tests comme ceux du quotient intellectuel par exemple. Voir, pour plus de précisions, C. Baudelot et R. Establet, *Le niveau monte*, *op. cit.*, p. 65.

2. Pour approfondir la réflexion sur l'organisation scientifique du travail prônée par Taylor et la complexité des tâches qu'elle peut supposer, voir Michel Freyssinet, « Division du travail, taylorisme et automatisation. Confusions, différences et enjeux », *in* Maurice de Montmollin et Olivier Pastré (sous la dir. de), *Le taylorisme*, La Découverte, 1984.

FIGURE 16

Niveau de littératie de la main-d'œuvre dans différents pays de l'OCDE et selon les trois grands secteurs économiques

Pourcentage de la main-d'œuvre âgée de 16 à 65 ans aux niveaux inférieurs (1 et 2) et aux niveaux supérieurs (4 et 5) sur l'échelle de compréhension des textes schématiques, 1994-1995.

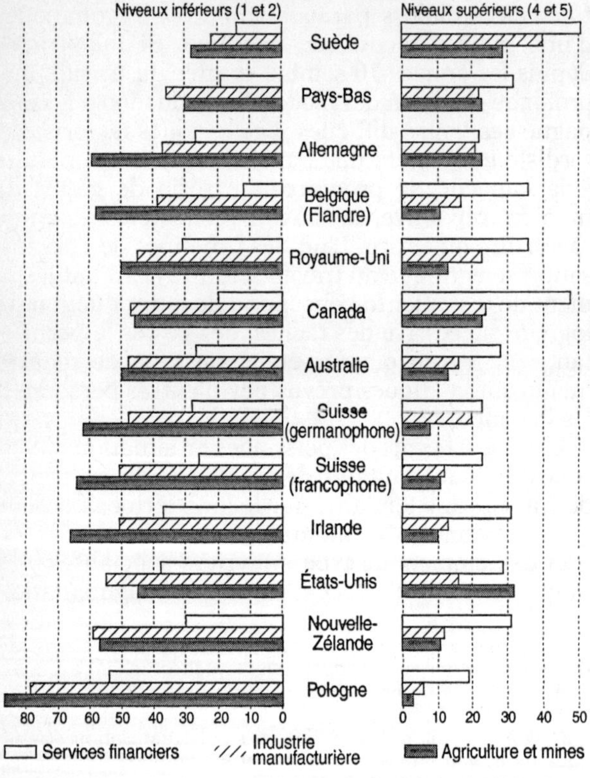

Lecture : En Pologne, 87% des personnes travaillant dans l'agriculture ou les mines sont aux plus faibles niveaux pour la compréhension des textes schématiques (graphique de gauche). Dans ce même pays, 3% des personnes de ces mêmes secteurs ont un très bon niveau dans ce type d'épreuve (graphique de droite).

Source : OCDE, Paris, 1999.

importante du besoin d'ouvriers qualifiés ou hautement qualifiés, de techniciens et de techniciens supérieurs. La structure des emplois sur la période s'étendant des années 50 au début des années 70 s'en trouve totalement bouleversée.

Les comparaisons internationales que produit l'enquête de l'OCDE éclairent le rôle fondamental des structures économiques et sociales dans l'intégration possible des personnes en situation d'illettrisme. Les secteurs économiques comme l'agriculture ou l'exploitation minière peuvent intégrer cette main-d'œuvre, dans les pays qui n'ont pas mécanisé fortement leur production (voir figure 16 pour une comparaison internationale).

Les industries manufacturières qui conservent par endroits une organisation du travail de type tayloriste semblent pouvoir intégrer des personnes en situation d'illettrisme à leur fonctionnement économique. Mais les nécessaires gains de productivité qu'impose la compétitivité ont en partie rendu obsolètes ces modes de production. L'automatisation et la robotisation ont libéré l'ouvrier des gestes mécaniques pour lui attribuer les tâches de surveillance et de contrôle. Or, ces dernières consistent à relever, annoter, décrire, etc., et intègrent souvent l'écrit comme vecteur essentiel d'une information à centraliser auprès de l'équipe d'encadrement technique. L'écrit peut devenir omniprésent au cœur du processus industriel. Il est non seulement prescripteur du cadre général de l'emploi [1] à travers le contrat de travail, et autres règlements intérieurs, mais sa prescription peut s'étendre jusqu'au déroulement le plus précis de la tâche à accomplir (protocole, marche à

1. Voir les travaux de Josiane Boutet, notamment *in* B. Fraenkel (sous la dir. de), *Illettrismes*, *op. cit.*

suivre). Ainsi, l'ouvrier qui peut disposer d'un écrit comme outil (un mode d'emploi, une documentation technique) et organiser son travail de manière autonome peut également, devant la rigueur de certaines procédures, être contraint de suivre les exactes prescriptions. L'écrit permet alors un contrôle total du processus de production.

Cette modification du travail ouvrier provoque un besoin nouveau : l'émergence d'emplois dont la qualification ne doit pas être trop importante, en raison des coûts de main-d'œuvre qui doivent être contrôlés, mais qui dans le même temps doivent être en mesure d'assumer des fonctions plus autonomes et donc d'utiliser des écrits[1]. Ces emplois nécessitent une capacité d'adaptation et intègrent une plus grande variété de tâches à assurer.

Même lorsque l'écrit ne semble pas indispensable dans les tâches à accomplir, la maîtrise de la lecture et de l'écriture peut devenir l'indice des capacités d'apprentissage[2] que suppose l'organisation du travail. Il peut, par exemple, servir d'indice lors de l'embauche sur les chaînes de montage dans l'industrie automobile. Celles-ci permettent de fournir, pour un modèle de voiture donné, une grande variété d'équipements. Deux contraintes semblent dominer la production : les ouvriers doivent être interchangeables et donc pouvoir occuper les différents postes de la chaîne d'assemblage ; ils doivent de plus avoir la capacité de modifier les procédures de montage lorsque les équipements changent : après avoir fixé des rétroviseurs d'un certain type et cela dans un

1. « Des emplois finalement *relativement peu qualifiés* », selon l'expression de Vincent Merle, « Points de vue socio-économiques sur l'illettrisme », *in* B. Fraenkel (sous la dir. de), *Illettrismes, op. cit.*
2. On parlera aussi de flexibilité cognitive.

cycle d'une minute dix par rétroviseur, ils doivent s'adapter le plus rapidement possible à une nouvelle façon d'en fixer un autre type, sans altérer leur vitesse de production. La succession de routines différentes, sous l'emprise d'un chronométrage constant, nécessite une capacité d'adaptation élevée[1]. Au-delà de cette capacité, ils doivent être à même d'expliquer leur façon de travailler à tout nouvel arrivant afin de lui faciliter la prise de son poste. Cela témoigne de la considérable évolution des emplois et du niveau d'exigence dans le secteur industriel.

Le secteur agricole a dû également modifier ses modes de production. La mécanisation a remplacé là aussi la force physique et la réduction des emplois a pu devenir la condition favorisant une meilleure rentabilité. Le travailleur agricole, pour être rentable, doit être plus polyvalent encore et l'absence de capacités à écrire et à lire peut dans ce cadre constituer un obstacle. Beaucoup d'ouvriers de ce secteur ont souffert de ces nouvelles exigences. Leur nombre n'a cessé de décroître, montrant la vulnérabilité de leurs emplois. D'autres conséquences sur les Gitans, les Tsiganes et autres groupes ou personnes du voyage, très marqués par l'analphabétisme et l'illettrisme, ont été brutales. En quelques décennies, ces populations ont perdu une participation autrefois importante à l'activité économique des sédentaires. Les récoltes saisonnières, l'élagage, l'emploi ponctuel sur une exploitation marquaient les étapes de leur pérégrination. La réduction du volume de ces travaux a renforcé leur appauvrissement.

Les mutations des secteurs industriel et agricole ont été amorcées depuis plus de vingt ans. Ce moment

1. Cet exemple est donné par Vincent Merle, « Points de vue socio-économiques sur l'illettrisme », *op. cit.*

semble coïncider avec la nouvelle prise en compte sociale de l'illettrisme. Le même phénomène semble s'être produit à travers différents pays européens. Les enquêtes de l'OCDE ont montré qu'en Suède, 75 % des ouvriers qualifiés avaient un bon niveau de littératie, qu'en Allemagne, en Belgique et aux Pays-Bas, ce bon niveau n'était pas atteint par plus de la moitié de ces ouvriers qualifiés. Et que partout, les personnes en situation d'illettrisme, moins qualifiées, s'en trouvaient écartées[1].

De fait, notre économie s'accommode mal des personnes ayant un très faible niveau de lecture et d'écriture. Les écrits y sont prédominants, même si certains emplois peuvent les contourner (déménageur, manutentionnaire, gardien, agent d'entretien...). L'arrivée de l'ordinateur a renforcé la suprématie de l'activité tertiaire. La bureautique a définitivement scellé l'importance professionnelle de la maîtrise de l'écrit. Aujourd'hui, tous les secteurs économiques ont, semble-t-il, opté pour une marginalisation des personnes en situation d'illettrisme. Aux yeux des employeurs, la capacité d'autoformation est devenue centrale et la maîtrise de la lecture et de l'écriture reste décisive pour une certaine autonomie dans l'apprentissage. Les personnes en situation d'illettrisme ne pouvant capitaliser le savoir avec la même efficacité connaissent une reconversion plus difficile[2].

Même la formation continue présuppose l'écrit dans son fonctionnement. Au-delà des gestes professionnels, les stagiaires sont souvent mis en situation de manipuler des documents techniques, de produire

1. Voir l'enquête spécifique sur le Canada : V. Shalla et G. Schellenberg, *La valeur des mots : alphabétisme et sécurité économique au Canada, op. cit.*

2. Elles sont de fait plus vulnérables à la précarité des emplois.

des rapports, des courriers, des notes, d'utiliser des outils informatiques... comme ils devraient le faire sur le lieu de travail, c'est-à-dire sans aide particulière. L'enseignant a pour rôle de faire dépasser les situations de blocage avec le souci de préserver l'autonomie du stagiaire. C'est pourquoi les formations AFPA, par exemple, comprennent des tests de sélection permettant de s'assurer que le candidat possède un minimum de prérequis[1]. Le stagiaire doit pouvoir s'adapter aux contraintes de l'enseignement.

L'écrit reste donc un outil de premier plan dans la reconversion professionnelle. Mais, paradoxalement, l'emploi renforce souvent l'illettrisme : en général, les personnes connaissant ces difficultés sont, dans leur emploi, maintenues à l'écart des pratiques de lecture et d'écriture. N'étant pas performantes, ce n'est pas dans l'entreprise qu'elles pourront essayer de développer leur capacité. Le travail peut être aménagé pour que l'écrit ne soit plus un obstacle et, dans ce cas, l'illusion qu'il est possible de travailler tout en étant illettré ne les incitera pas non plus à développer leur pratique.

Les années de crise ont contraint une large partie des personnes de bas niveau de qualification à se reconvertir. Celles qui en ont été capables, notamment grâce à une meilleure maîtrise de l'écrit, ont échappé à l'exclusion ; les autres ont grossi les rangs des chômeurs de longue durée et des RMIstes.

Les vagues de licenciements des années 80 et 90 ont concerné en premier chef les personnes de bas niveau de qualification. L'analyse du chômage de longue durée confirme leur difficile reconversion. Le

1. Ces dernières années l'AFPA, notamment à travers son nouveau contrat de projet, voudrait modifier ces pratiques qui marginalisent fortement les personnes en situation d'illettrisme et leur interdisent cette voie de reconversion professionnelle.

basculement dans la précarité des personnes en situation d'illettrisme a été renforcé par la difficulté d'utiliser les aides sociales. L'exigence des fonctionnements administratifs a pu les empêcher de bénéficier des droits qui pourtant leur revenaient. Des dossiers mal constitués, des pièces justificatives introuvables, des consignes inexploitables, et surtout une méconnaissance des fonctionnements administratifs, sont autant d'obstacles pour obtenir une aide au logement, les assedics, les allocations familiales, le RMI... Sans l'appui d'un tiers, il devient difficile de faire valoir ses droits. Mais aider n'est pas chose facile. L'incapacité de trouver une adresse ou d'identifier des documents alourdit considérablement les démarches. Si leur entourage n'est pas coopératif, la sanction de leur illettrisme sera bien de les exclure de l'aide sociale.

Les besoins disparates de l'appareil de production, leur évolution depuis les années 70 et leur réinvention perpétuelle font apparaître les conséquences de l'illettrisme comme inégales et le rendent par endroits invisible ou acceptable ou, au contraire, il peut devenir un facteur décisif de marginalisation, voire d'exclusion. Ces aléas expliquent sans doute en partie pourquoi ce phénomène aux multiples aspects et en constante évolution a eu du mal à trouver son identité. Pourtant, en l'espace de trente ans, une tendance nette semble s'être dessinée : la situation économique qui pouvait tolérer une main-d'œuvre illettrée a peu à peu adopté une logique de sanction en les écartant progressivement de l'emploi.

Cette évolution interroge l'économie en devenir. La sanction de l'illettrisme va-t-elle se maintenir, ou bien le retour à la croissance révélera-t-il une nouvelle capacité d'intégrer ces personnes ? Les deux alternatives sont actuellement envisageables. Toutefois leur éventuel retour à l'emploi ne devrait pas masquer leur vulnérabilité sociale. La lutte contre l'illettrisme devrait en tenir compte, et adopter alors une démarche préventive d'actions auprès des salariés.

En revanche, si la sanction de l'illettrisme se confirmait, il est à craindre qu'une fracture sociale très forte s'établisse sur le critère de la performance dans l'acquisition du savoir. Dans cette hypothèse, il serait de la responsabilité de l'État d'amoindrir les conséquences d'une économie qui ne prévoit plus d'employer les personnes en situation d'illettrisme.

L'illettrisme des jeunes

Parmi les jeunes, l'illettrisme serait plus rare mais semblerait plus pénalisant. À la différence de leurs aînés, les jeunes accèdent plus difficilement à une première expérience professionnelle. Une enquête du GERI mettait en valeur les faits suivants : « Du fait de l'évolution démographique conjuguée à l'allongement de la durée de la scolarisation moyenne survenue pendant les dernières décennies, l'emploi des jeunes est en diminution depuis trente ans.

De 1968 à 1970, l'emploi des jeunes a légèrement crû, atteignant le niveau maximal de 4,2 millions. Par la suite, l'emploi total des jeunes n'a cessé de décroître régulièrement et de façon semblable pour les jeunes hommes et les jeunes femmes, atteignant les niveaux de 3,5 millions en 1980, 2,7 millions en 1990 et 1,7 million en 1997. Cette diminution est d'autant plus frappante que la population totale âgée de 15 à 24 ans est restée aussi importante en 1998 (7,9 millions) qu'en 1968 (7,8 millions). De ce fait, le taux d'emploi des moins de 25 ans a, lui aussi, fortement chuté depuis trente ans.

Dans le même temps, l'emploi total a augmenté de 12 %, passant de 20 millions à 22,3 millions entre 1968 et 1997. La croissance de l'emploi fut forte pour les classes d'âge intermédiaires, allant de 25 à 49 ans (+ 50 %) ; en revanche, les plus de 50 ans sont moins nombreux à travailler en 1997 qu'en début de période (– 17 %). En trente ans, la population active a donc crû en France du seul fait de l'augmentation de l'emploi des 25-49 ans, tandis que l'emploi des moins de 25 ans et des plus de 50 ans régressait fortement[1]. »

Les difficultés face aux écrits ont, en général, provoqué une déscolarisation aux alentours de 17 ans, exposant les jeunes en situation d'illettrisme au risque de « s'installer » dans une période d'errance qui peut durer plusieurs années. Durant cette période, rien ne semble favoriser leur future insertion. Actuellement, les missions locales et les permanences d'accueil d'information et d'orientation (réseau d'aide à l'insertion des jeunes) n'arrivent qu'exceptionnellement à toucher les jeunes de moins de 20 ans qui ont quitté le système scolaire et concentrent de fait leur action sur ceux qui ont connu jusqu'à cinq ans d'errance et qui ressentent le besoin d'être aidés[2]. Ces périodes favorisent l'évanescence des savoirs, accroissent les difficultés et renforcent la prise de distance avec l'écrit.

D'autres données, issues de l'enquête sur la population carcérale, confirment les tendances jusque-là envisagées. Les statistiques de 1997 montraient que le nombre de jeunes ayant de faibles performances au test de lecture était important dans les maisons d'arrêt. Parmi les catégories les plus faibles, 55 % étaient des jeunes de moins de 30 ans (27 % avaient entre 30 et 39 ans). La comparaison avec les plus âgés semble confirmer qu'il existerait bien un illettrisme plus fréquent parmi les générations les plus anciennes, même si leur nombre est bien moindre dans les maisons d'arrêt. La proportion de lecteurs en grave difficulté pour la classe d'âge des « 50 ans ou plus » s'élevait à 70 % de cette même classe.

Ce que l'on constate à travers les performances en lecture est confirmé par les données obtenues sur les niveaux scolaires et les diplômes : 71 % des jeunes détenus (entre 21 et 24 ans) n'avaient aucun diplôme alors que la moyenne nationale des jeunes hommes non diplômés ne représentait alors que 30 %[3] de cette même classe d'âge.

Ces différences entre les générations, constatées à travers de nombreuses études, confortent l'hypothèse d'une évolution vers une société qui met à l'écart les groupes ne partageant pas ses modes de communication et dont les contraintes d'appartenance seraient de l'ordre d'une maîtrise exigeante de la lecture et de l'écriture.

---

1. Jean Bergougnoux (sous la dir. de), *Les jeunes dans les villes : de la formation à l'emploi*, étude conduite par Mélanie Cazes et Jean-Marc Lucas, GERI, La documentation française, 2001.

2. La mise en place d'une identification des jeunes en difficulté de lecture et d'écriture lors de la journée d'appel de préparation à la défense répond à cette situation. Cette journée remplace le service national, elle concerne les garçons et les filles et a notamment pour but de signaler les jeunes en situation d'illettrisme aussi bien aux missions locales (pour les jeunes déscolarisés) qu'aux inspections académiques (pour les jeunes scolarisés). Voir chap. II.

3. J.-P. Rivière, « *Le repérage de l'illettrisme en milieu pénitentiaire* », *op. cit.*, p. 67-139.

La sanction de l'illettrisme, une idée culturellement admise?

Le fait que l'illettrisme puisse être un facteur déterminant d'exclusion ne surprend en général personne. Cette idée semble admise depuis plus de vingt ans, même si l'implication entre les deux phénomènes a été ici relativisée. Sa signification culturelle est très forte: l'exclusion et la marginalisation seraient la sanction sociale de l'illettrisme, la mise à l'écart étant, il est vrai, une sanction fréquente.

Les moyens mobilisés pour l'école primaire, l'obligation scolaire et la gratuité des enseignements légitimeraient la sanction d'un illettrisme devenu une déviance socioculturelle.

La stigmatisation des illettrés est l'un des signes sociaux de la sanction. De nombreux travaux, dans la lignée du sociologue américain Erving Goffman, ont tenté de la décrire. Cette stigmatisation ne se contente pas de désigner les personnes illettrées dans le but de les dévaloriser et de les discriminer, elle les affuble également d'autres maux ou d'autres tares de caractère (comme le soulignait ironiquement Goffman). Un certain mépris envers les personnes en situation d'illettrisme peut être facilement observé au quotidien. Cette stigmatisation directe ne se cache pas toujours derrière les euphémismes, les difficultés de lecture et d'écriture sont souvent interprétées comme de la bêtise; certaines personnes en situation d'illettrisme ont même intégré ces schémas, et ont perdu toute estime de soi.

C'est pourquoi les travaux sur l'illettrisme ont d'abord décrit des comportements qui visaient à cacher les difficultés, en évitant l'écrit.

La stigmatisation semble issue d'une mauvaise

habitude scolaire qui consiste pour les enseignants comme pour les autres élèves à attribuer aux élèves les plus faibles le rôle de « cancres », les poussant ainsi au découragement. Celle-ci accompagne forcément un enseignement de masse préservant sa logique élitiste. Les parcours de relégation scolaire portent déjà les stigmates d'un illettrisme à venir.

D'autres travaux sur la stigmatisation sont venus compléter cette approche. Le sociologue Bernard Lahire montre de quelle manière une autre forme de stigmatisation sociale peut exister en soulignant le paradoxe suivant : « Les "illettrés" ne sont-ils pas stigmatisés par une grande partie de ceux qui déclarent, souvent en toute bonne foi, vouloir leur bien ? » Selon Bernard Lahire, le discours mobilisateur contre l'illettrisme se fonde souvent sur l'indignation et doit être à la hauteur du « scandale » qu'il soulève. À partir d'un large éventail de textes, il rappelle qu'au dire de certains, l'illettrisme mettrait en danger « la cohésion nationale », « la cohésion sociale », « le lien démocratique », « la citoyenneté », « la république », « les idéaux des droits de l'homme »... Ce même sociologue recense les attributs dépréciatifs qui accompagnent l'illettré et conclut : « Il faut évidemment reconstituer le tableau négatif de l'illettré que l'on construit ainsi, ce quasi non-être, non humain, sans identité, dépossédé de toutes les capacités citées, interdit de tout (de bonheur comme d'identité, de vie comme d'humanité...), pour se rendre compte de l'extraordinaire stigmatisation ainsi engendrée, sous couvert de "mobilisation" et de "sensibilisation"[1]. »

Bernard Lahire analyse ces descriptions excessives, produit de simplifications spectaculaires et dont le but serait de frapper les esprits en forgeant la

1. B. Lahire, *L'invention de l'illettrisme, op. cit.*

distinction fondamentale qui existerait entre l'*illettré* et le *non-illettré*. L'idée usée d'un grand partage culturel de l'Humanité[1] dont l'écriture constituerait la délimitation paraît ainsi resurgir.

La stigmatisation remplit une fonction sociale forte : ériger le modèle de celui qu'il ne faut pas être. Au fil des années, l'illettré a été montré comme violent (à l'image de la délinquance des banlieues), indigent (le quart monde), incapable de transmettre du savoir à ses enfants, socialement dépendant, vulnérable, inemployable... invisible parce que honteux, mais symboliquement présent. Les conséquences de ces discours sont considérables sur les croyances communes et les représentations collectives. L'illettré est devenu une nouvelle figure emblématique de l'échec scolaire, transformé en échec social, familial et professionnel.

L'affirmation de la différence de l'illettré à travers les différentes formes de stigmatisation conforte sa mise à l'écart. Pour les employeurs, embaucher une personne en situation d'illettrisme équivaut à prendre un risque sur les contraintes économiques à venir. Les différentes formes de stigmatisation conduisent toutes à admettre que l'illettrisme puisse conduire à la marginalisation, à la pauvreté ou à l'exclusion.

Que l'idée soit culturellement admise ne signifie pas que l'implication entre ces deux phénomènes soit socialement acceptée. Au contraire, si l'exclusion comme sanction de l'illettrisme semble être estimée vraie, cette logique sociale choque par la violence de ses conséquences et paraît moralement intolérable.

La marginalisation et l'exclusion des personnes illettrées se sont traduites dans les faits durant les

1. Pour une critique du concept, voir J. Goody, *La raison graphique*, *op. cit.*

années de crise. Elles trouvent alors leur justification à travers les différents dangers que représente l'illettrisme, non seulement un danger économique par l'incapacité à s'adapter aux nouvelles contraintes de production (voir p. 162), mais aussi un danger politique et culturel. Parce que l'illettrisme représenterait une menace (voir p. 182), il peut apparaître logique qu'il soit sanctionné. Cette logique demeure celle d'un système d'éducation fondé sur le mérite. La sanction de l'illettrisme ne serait que sa contrepartie. La lecture et l'écriture symbolisent l'accès au savoir, au mépris de la tradition orale; ainsi, ceux qui ne les maîtrisent pas sont à l'opposé des valeurs d'un système qui promet de récompenser les efforts et la capitalisation des connaissances.

Cette logique sociale ne semble tolérable qu'au prix d'une réaction de l'État et de la mise en place d'une politique de lutte contre l'illettrisme afin d'amoindrir la portée de la sanction. Toutefois, cet engagement politique entérine la nécessité de convertir ces personnes. Le choix du gouvernement Mauroy, qui instaure la lutte contre l'illettrisme, n'est pas en soi un déni de la sanction : à aucun moment il n'a été envisagé d'interdire la marginalisation ou l'exclusion des personnes illettrées. Il s'agit plutôt d'éviter que cette sanction devienne irrémédiable.

En effet, la pauvreté décrite par ATD Quart Monde montre de quelle manière les personnes se trouvent dans l'incapacité de construire des solutions sur le moyen ou le long terme, submergées qu'elles sont par les préoccupations basiques du quotidien (se chauffer, se nourrir, se loger...). L'exclusion entretient l'illettrisme et favorise même sa reproduction sociale à travers l'échec scolaire annoncé des enfants.

En voulant rompre la fatalité d'un illettrisme qui, associé à l'exclusion, deviendrait « définitif » et fortement pénalisant, l'engagement politique de l'État modifie la valeur de la sanction. Il s'agit de rendre possible l'acquisition même tardive de la lecture et de l'écriture et des autres savoirs de base. Sur le plan sociologique, la sanction prendrait alors une dimension éducative : l'exclusion servirait de leçon (ou d'épouvantail) et inciterait à un retour aux apprentissages de base. Mais exclure pour mieux resocialiser[1] apparaît, dans le cas de l'illettrisme, une impasse. Les travaux d'ATD Quart Monde laissent entrevoir, dans leur vision militante, le versant éducatif de la sanction. En évoquant notamment la honte des illettrés, ce mouvement caritatif révèle un état de souffrance dont les personnes sembleraient vouloir se libérer. La sanction pousserait alors à reconnaître ses torts, à regretter ses erreurs et à s'amender. C'est l'image de l'*illettré* colportée par les médias. Il raconte ses errances, puis les impasses auxquelles il a été confrontée et enfin, il décide d'apprendre pour s'en sortir. La sanction éducative est dans ce cas exemplaire : elle a été efficace.

Mais le schéma idéal d'un « illettré repenti » n'est pas fréquent. Pour que la sanction ait une portée éducative, certains éléments doivent être réunis : la personne doit avoir conscience des risques qu'elle court. Or, souvent, les jeunes concernés voient la fin de leur scolarité comme une libération ; ils veulent travailler et ne plus entendre parler d'écriture et de lecture pour lesquelles ils éprouvent parfois une véritable répulsion.

Fréquemment, les difficultés pour lire et écrire sont niées. Si la honte que décrit ATD Quart Monde concerne surtout les personnes analphabètes ou

1. Pour reprendre le paradoxe de John Dewey, philosophe et pédagogue américain (Burlington, Vermont, 1859-New York, 1952).

quasi analphabètes, il semblerait que pour les autres cas d'illettrisme, les personnes demeurent dans l'illusion d'un savoir lire suffisant et refusent de voir ou d'exprimer leurs réelles difficultés : pour elles, savoir un peu lire, c'est savoir lire.

La portée éducative de la sanction est donc inexistante. L'illettrisme n'est en général pas ressenti par les personnes concernées comme à l'origine de leurs problèmes d'insertion.

Parce qu'il est socialement admis que l'illettrisme soit sanctionné, cette sanction va permettre dans de nombreux cas de conjuguer d'autres exclusions. L'illettrisme peut servir de prétexte pour des discriminations raciales, sexuelles, sanitaires ou concernant des comportements (alcoolisme, agressivité) ou des façons d'être, discriminations qui sont soit illégales (comme les discriminations sexuelles et raciales), soit inavouables. L'aspect relatif du concept, et son absence de limite, permet de justifier l'injustifiable. Dans certains cas, l'illettrisme n'est pas un obstacle à l'embauche car les conditions de travail seront aménagées pour que la personne puisse s'intégrer, mais dans d'autres cas, les lacunes envers l'écrit justifieront le refus d'embaucher. L'exemple d'une personne en situation d'illettrisme et qui a, dans ses fonctions de gardiennage, la tâche de relever les noms des personnes pénétrant dans un immeuble illustre la relativité de l'exigence envers la maîtrise de l'écrit. Sachant mal lire et mal écrire, la personne demande une pièce d'identité aux visiteurs et recopie leur nom sur un registre. Elle conserve la pièce d'identité et donne une contremarque. Elle reporte sur la même ligne l'heure d'arrivée, qu'un afficheur digital permet de recopier, et quelquefois le nom de la personne avec qui le rendez-vous a été pris. Puis, à la fin de la visite, elle note l'heure de départ de la personne. Cet écrit n'a aucun destinataire, à moins qu'un vol ou un incident ne se soit produit. Le travail consiste bien à lire et écrire une bonne partie de la journée et pourtant, la spécialisation dans cette tâche ne débouche pas sur un entraînement suffisant qui permettrait d'améliorer notablement le rapport à l'écrit. Les lacunes de cette personne n'auraient-elles pas dû l'écarter de cet emploi ? Tout donne à penser que sa pratique de l'écrit est suffisante pour les tâches à accomplir. Dans les pratiques professionnelles, les aménagements permettant le contournement de l'écrit semblent être la règle et non l'exception. L'ergonomie [1] montre de quelle manière les tâches sont souvent aménagées selon les capacités des personnes. Les livres de consignes, les procédures, les notices connaissent alors des simplifications efficaces sous forme d'affiches utilisant des pictogrammes, des autocollants, des jeux de symboles ou des couleurs. Les messages essentiels sont la plupart du temps transmis oralement et les écrits de référence finissent au fond des tiroirs.

L'illettrisme, parce qu'il peut être l'alibi de l'exclusion, rend la sanction suspecte, que le problème soit réel ou non. Celle-ci est alors noyée dans l'ensemble des rancœurs sociales. Les personnes en situation d'illettrisme sont parfaitement conscientes de la possibilité d'être employées dans des tâches bien définies. Nombre d'entre elles ont ou ont eu un emploi, c'est pourquoi souvent leur illettrisme n'est pas considéré comme un obstacle à leurs yeux, mais plutôt comme un prétexte pour les écarter. La véritable raison serait ailleurs.

1. Étude scientifique des conditions (psychophysiologiques et socio-économiques) de travail et des relations entre l'homme et la machine (selon la définition du *Petit Robert*).

La sanction de l'illettrisme apparaît, pour les personnes connaissant ces difficultés, comme une impasse sociale. Toutefois, elle porte en elle d'autres significations. Elle sert tout d'abord une logique éducative d'ensemble : l'enseignement se voit ainsi doté d'un repoussoir devenu la motivation négative des apprentissages scolaires[1]. Au désir d'apprendre qui ne peut être discipliné, viendrait se substituer l'impératif besoin d'apprendre qui semble plus contrôlable. La sanction montre que les modèles de réussite sociale passent plus que jamais par la réussite scolaire.

Sanctionner l'illettrisme sert ensuite une nouvelle logique d'accès à l'emploi et de reconversion professionnelle. À la différence de l'analphabétisme qui connaît une limite supérieure dans ses définitions[2], l'illettrisme n'a quant à lui que des contours flous. Il englobe des problématiques de plus en plus diverses ; l'illettrisme sera ainsi évoqué pour manifester l'absence de connaissances de base en science ou en informatique... De cette façon peut s'élargir l'éventail des candidats à l'exclusion. Ce flou conceptuel en fait une menace potentielle sur l'ensemble des bas niveaux de formation. La logique du marché de l'emploi pourrait instituer par ce biais une sélection en se donnant le pouvoir d'augmenter son niveau d'exigence pour choisir les admissibles et organiser la hiérarchie sociale[3]. Si l'exigence de compétence concerne toutes les strates de la société, l'exclusion

1. Elle ne dit pas qui devenir mais plutôt qui ne pas devenir.

2. « Être incapable de lire et d'écrire, en le comprenant, un exposé bref et simple de faits en rapport avec la vie quotidienne » (UNESCO, 1958).

3. Le gouvernement anglais annonce régulièrement qu'il faut élever le niveau de littératie pour que les emplois à venir puissent être pourvus. Pas question dans ce cas d'un seuil fixe de compétence à atteindre, mais bien d'une limite mouvante évoluant au fil des besoins économiques.

de l'illettrisme n'en est que son expression, répercutée avec violence sur la classe la plus dépendante.

Les dangers de l'illettrisme

L'illettrisme peut faire peur. Au-delà de la crainte d'une performance économique moindre, d'autres menaces sont avancées.

Le terme est régulièrement employé dans certains discours politiques comme le signe d'une décadence culturelle, annonçant le retour de la barbarie et de l'ignorance. La marginalité et la dispersion des personnes en situation d'illettrisme rendent pourtant peu crédible une menace sur l'ensemble du corps social. L'illettrisme des pays industrialisés n'est pas l'analphabétisme massif des pays du tiers monde. Le phénomène pèse d'une autre manière, plus diffuse, notamment par les conséquences sociales de l'exclusion qui sont depuis longtemps identifiées et qui restent problématiques.

Malgré cela, Alain Bentolila souligne le danger politique que représente la manipulation aisée du vote des personnes en situation d'illettrisme, plus facilement séduites par les recettes simplistes des discours populistes.

Cette préoccupation a accompagné l'instauration de la démocratie. Dès la Révolution française, la question du vote des analphabètes s'est posée. Bernard Lahire rappelle qu'il serait dommageable de considérer l'illettré comme un sous-citoyen. Le risque d'une résurgence de la discrimination civique envers l'illettré des temps modernes semble pourtant toujours présent. Bernard Lahire le montre fort bien en remarquant que le rapport fondateur de la lutte contre l'illettrisme, *Des illettrés en France* — qui reprend la phrase célèbre de Jules Simon : « N'appelez pas un électeur, n'appelez pas un citoyen celui qui ne sait pas ce que c'est que le papier qu'il dépose dans l'urne » —, en voulant faire des illettrés de véritables citoyens, insinue ainsi qu'ils n'en seraient pas.

Pour Alain Bentolila, le risque de l'illettrisme est surtout celui d'une ghettoïsation culturelle. Cette mise à l'écart de certains groupes sociaux témoigne d'une réaction réciproque de rejet. L'échec scolaire, la difficile insertion économique peuvent entraîner un refus des valeurs que véhiculent l'école et le monde du travail. L'écrit faisant partie de pratiques culturelles scolaires, il sera ressenti comme appartenant aux valeurs d'une société « établie » qui les exclut. L'exigence d'une lettre de motivation ou d'un diplôme tient *de facto* à distance du recrutement les publics illettrés. La rupture culturelle peut apparaître tellement forte que les occasions de rencontre sont rares. La barrière économique renforce l'éloignement des groupes sociaux. La stupéfaction avec laquelle la presse relate depuis vingt ans l'anachronique persistance de l'illettrisme le montre.

Alain Bentolila voit dans l'insécurité linguistique l'origine du processus de ghettoïsation culturelle. La gêne que rencontrent les personnes dans l'exercice de la lecture et de l'écriture s'ancre dans un contexte plus vaste qui est de l'ordre du rapport au langage. Ces difficultés traduiraient en fait d'autres difficultés présentes à l'oral et qui seraient de l'ordre d'un savoir communiquer. Parler, écouter dans la connivence du cercle des intimes confère des habitudes linguistiques fondées sur le non-dit que permet le savoir partagé d'une culture familiale commune. L'écrit est par essence à l'opposé d'une communication de connivence. Les allusions, les demi-mots ne seront pas compris, la courbe intonative qui transmet aisément la force expressive du message n'a plus cours ; la ponctuation qui la remplace rend difficilement les nuances de la voix. Apprendre à lire et à écrire aide à prendre conscience de la force du code linguistique pour produire du sens. Le choix des mots, la construction des phrases qu'impose l'écrit est de la plus grande exigence.

Les linguistes en décrivant la langue orale mettent en évidence la spécificité de son fonctionnement. Sa syntaxe, son lexique diffèrent en de nombreux points. Lorsque l'écrit est bien ancré dans la culture familiale, l'oralité des parents est plus empreinte de ces structures, une façon de parler plus proche des normes qu'impose l'écrit est ainsi transmise.

Pour communiquer au-delà du cercle des proches, deux contraintes doivent être maîtrisées. D'abord, il faut avoir conscience de l'effort d'explicitation qu'il faut produire. La connivence, c'est-à-dire le partage des références culturelles et des habitudes de communication, n'est plus acquise. Les discours doivent explorer le terrain du savoir commun partagé. Il faut ensuite avoir conscience de l'importance des registres de langue (l'argot, les expressions familières, soutenues, archaïques...) ainsi que des normes linguistiques et savoir s'en servir.

La maîtrise de la lecture et de l'écriture permet de dépasser ces deux contraintes.

Les personnes en situation d'illettrisme seraient donc en insécurité linguistique. Derrière ce concept se trouve l'idée d'un risque, voire d'un danger. Parler à un inconnu en sachant qu'on va chercher ses mots et sans doute mal s'exprimer constitue cette prise de risque, qui lorsqu'elle n'est plus assumée devient source de frustration, elle-même à l'origine d'une coupure sociale, instrument de l'exclusion.

CHAPITRE V

LA CRISE DES RÉPONSES

Si lutter contre l'illettrisme consiste à réduire le nombre de personnes incapables d'utiliser efficacement l'écrit, la sanction de l'illettrisme par l'exclusion, comme sa compensation, participent du même projet. Le sens même de la lutte contre l'illettrisme s'en trouve modifié. Habituellement, l'appellation « lutte contre l'illettrisme » n'évoque que l'aide aux personnes illettrées, c'est-à-dire ne qualifie que le versant de sa compensation. Il semble plus juste de considérer que sa sanction, elle aussi, joue son rôle. Elle aurait initié la lutte contre l'illettrisme en France, et la compensation l'aurait légitimée, en faisant accepter comme une norme de fonctionnement social les nouvelles règles de la sélection culturelle.

Des deux luttes contre l'illettrisme, la *sanction* semble la plus efficace, elle renforce la culture de l'écrit en brandissant une menace. La *compensation* atteint difficilement son public. Elle est certes juste, mais dans l'état actuel des choses, elle est illusoire. Les dispositifs d'identification des personnes en difficulté sont fragiles et la nébuleuse des actions obscurcit tout réel bilan d'efficacité[1]. En apprenant

1. On renverra pour un bilan de la politique de lutte contre l'illettrisme au rapport de Marie-Thérèse Geffroy : *Lutter contre*

qu'il existe des aides, des stages, des associations, des budgets, des actions, des plans et des projets, les acteurs économiques peuvent éliminer de leur choix les illettrés (ou bien ceux qu'ils décident de nommer ainsi) puisque l'État, le monde associatif, les fondations assureront le relais de leur reconversion. Les engagements publics risquent ainsi de favoriser la sanction.

Deux compensations de l'illettrisme se dessinent : soit renforcer la compétence en matière de lecture, d'écriture et de rapport au savoir, soit offrir autre chose pour pallier les conséquences sociales qu'il entraîne.

Les travaux sur l'illettrisme n'ont cessé de multiplier les appellations qui expriment les manques à combler : les savoirs de base, les compétences « fortes », les connaissances fondamentales, indispensables ou essentielles, le kit de survie ou le SMIC culturel... Les référentiels pédagogiques qui détaillent point par point les contenus des formations ne cessent de se diversifier et de s'allonger. Entre les outils et la pratique de terrain, un net clivage s'est depuis longtemps installé, signe d'une crise certaine entre praticiens et théoriciens.

Remplacer les réponses culturelles (qu'on ne sait ou que l'on ne peut pas offrir) par des solutions visant l'insertion économique constitue une compensation hasardeuse qui ne fait que répondre aux urgences que crée la *sanction* sociale de l'illettrisme, sans pour autant résoudre véritablement le problème.

Tout formateur intervenant dans la lutte contre l'illettrisme est confronté à la dualité de sa mission

---

l'illettrisme, rapport au ministre de l'Emploi et de la Solidarité et au secrétaire d'État aux Droits des femmes et à la Formation professionnelle, mars 1999.

dont l'une des facettes est l'assistance et l'autre, l'enseignement. Certains la rejettent : le cours ou la classe reste un « sanctuaire », l'intervenant ne sait, ne peut ou ne veut pas empiéter sur le travail social ; d'autres l'assument : il leur semble impossible d'enseigner tant que des problèmes fondamentaux ne sont pas réglés.

Cette dualité a non seulement pesé sur les acteurs de terrain mais a aussi révélé les limites d'un partage institutionnel des missions de l'État. La complémentarité entre le travail social et l'enseignement est très difficile à conduire du fait de la diversité des structures et des objectifs de chacun des intervenants[1]. La politique en matière de compensation de l'illettrisme, en dehors de la création de centres ressources, n'a été pendant des années qu'un précaire aménagement de l'existant. Ainsi, sur la liste des problèmes qu'étaient capables de dresser les travailleurs sociaux est venu s'ajouter cet obstacle supplémentaire, qui ne possède pas de réponse simple et immédiate.

La crise des réponses est le produit de longues hésitations politiques, issues elles-mêmes des ambiguïtés théoriques et idéologiques de cet engagement. Les relais pour organiser les actions de terrain et la communication envers l'ensemble des acteurs n'ont jamais été clairement établis du fait essentiellement de la précarité des structures de formation comme des formateurs. L'édifice de la lutte contre l'illettrisme n'a reposé que sur des fondations incertaines

1. Des associations de lutte contre l'illettrisme tentent de trouver un juste équilibre entre l'aide sociale et l'enseignement, car il est impossible de construire des apprentissages lorsque d'importants problèmes pèsent de tout leur poids sur les apprenants. Le travail social est soit intégré à leur structure, soit cette dernière bénéficie de l'appui d'autres associations (missions locales...) ou de l'aide des travailleurs sociaux.

et paie aujourd'hui le prix d'une certaine usure des initiatives comme des bonnes volontés.

Pourtant, les réponses existent et, les années passant, de nombreuses expériences ont fait apparaître des solutions intéressantes validant quelques principes fondamentaux.

Les savoirs nécessaires

En quoi consistent les actions de lutte contre l'illettrisme ? On serait tenté de répondre qu'on y enseigne la lecture et l'écriture... mais pas seulement, et quelquefois pas vraiment. Elles offrent tout un ensemble de contenus très variés et qui répondent à des objectifs assez différents.

Devant les manques à combler des personnes en situation d'illettrisme et la réalité des offres de terrain, l'importance de la lecture et de l'écriture a été relativisée, d'autres savoirs apparaissant non moins essentiels. Les approches anglo-saxonnes (notamment anglaise et américaine) évoquent souvent l'importance des savoirs de base (*basic skills*). Des propositions ont été formulées pour les définir. Elles partent chacune dans au moins trois directions : la structuration des connaissances, l'insertion sociale, l'accès à l'emploi ou la reconversion professionnelle[1].

Les approches visant à structurer les connaissances font l'hypothèse que des carences importantes non seulement dans le rapport à l'écrit, mais aussi en

1. L'insertion sociale est à distinguer de l'insertion professionnelle. Certaines personnes pourront avoir une qualification négociable sur le marché du travail, mais d'autres problèmes sont à résoudre : un départ de la famille, une incarcération, un handicap, des problèmes psychologiques, médicaux, de logement...

matière de raisonnement logique, de maîtrise du temps, de l'espace, de l'expression orale ainsi que dans des domaines de connaissance comme l'histoire, la géographie, les mathématiques, etc., nécesstent un enseignement reprenant les contenus fondamentaux et à partir desquels d'autres connaissances pourront s'agréger. Un modèle s'inspirant des contenus des cycles primaires et du début du collège semble ainsi se dessiner.

L'une des dérives, malheureuse et sans cesse combattue par les tenants de l'enseignement des adultes, est de transférer les supports et les méthodes de l'école ou du collège tels quels, sans adaptation de forme. De nombreux adultes, et parmi eux surtout les jeunes, refusent d'emblée cette approche qui est vécue à juste titre comme une infantilisation. Celle-ci est longtemps restée une des causes majeures de l'échec de ces enseignements. La bonne volonté qui caractérise certains enseignants engagés dans la lutte contre l'illettrisme peut quelquefois, sans grande distance pédagogique, s'accompagner de représentations caricaturales. Les difficultés face à l'écrit incitent à nier toute forme de connaissance. La négation de la personne adulte, dans son histoire et dans ses connaissances, peut déboucher sur un jeu de rôle douteux, dans lequel l'adulte se voit attribuer la place de l'élève.

Malgré les mises en garde, de nombreuses méthodes de cours préparatoire traînent encore dans les ateliers de lutte contre l'illettrisme. On y prend un exercice ou deux, on les laisse à la disposition des apprenants[1]. Certains d'entre eux y trouvent leur compte. Ils ont quelquefois l'impression de pouvoir

1. C'est ainsi qu'on appelle les personnes suivant un enseignement dans les actions de lutte contre l'illettrisme.

refaire dans ces ateliers ce qu'ils n'ont pas pu réussir à l'école. Leur représentation de l'enseignement est ainsi confortée et une pédagogie moins conventionnelle peut être introduite sans pour autant les décevoir.

Des approches comme la gestion mentale[1] ou la pédagogie de la médiation[2] permettent de présenter autrement des contenus qui sont souvent usés par des années de répétitions infructueuses. Elles consistent avant tout à faire prendre conscience aux personnes des modes de fonctionnement de leur apprentissage. On regrettera leur insuffisante diffusion.

L'insertion sociale, autre voie de compensation de l'illettrisme, élargit plus encore la définition des savoirs de base. Elle doit être distinguée de l'accès à l'emploi, qui n'en est qu'une facette. Sa thématique recouvrira la question des droits civiques, de la vie familiale, de l'éducation des enfants, des conditions sanitaires, du logement, du permis de conduire... La problématique d'insertion ne se résout pas une fois

1. La gestion mentale est un courant pédagogique de première importance né sous l'impulsion d'Antoine de La Garanderie. Il s'agit non pas d'une méthode d'enseignement mais avant tout d'une méthode d'apprentissage qui vise à expliciter pour chaque personne le fonctionnement de l'acquisition des connaissances. Celle-ci se construit à travers l'attention, la mémoire, la compréhension, la réflexion et l'imagination créatrice. Par l'introspection, Antoine de La Garanderie montre que chaque personne peut mettre en place ses propres procédures mentales adaptées à ses dispositions. Un apprentissage réussi est celui qui s'est inscrit dans un projet concret, c'est-à-dire dans la façon qu'aura la personne d'agréger ce savoir à l'ensemble de ses connaissances et d'être capable de le mobiliser lorsque le besoin s'en fera sentir. Se reporter aux nombreux ouvrages d'Antoine de La Garanderie consacrés à ce courant.

2. Voir notamment les travaux de Reuven Feuerstein à travers le plan d'enrichissement instrumental ou bien ceux d'Alain Moal.

l'emploi trouvé. Car même après une embauche, les risques d'une grande précarité demeurent. Le présupposé des actions visant l'insertion est de rendre les personnes capables d'affronter la vie quotidienne avec une certaine autonomie. La liste des activités est longue, voire infinie ; au-delà des thèmes abordés plus haut, on trouve ainsi les techniques de bricolage, le jardinage, l'expression artistique, la participation à des activités culturelles, philosophiques ou religieuses, etc.[1]. Le label « lutte contre l'illettrisme » qu'assument les ateliers offrant ces approches maintient une certaine obligation de travailler sur la lecture et l'écriture.

Certaines études américaines ont montré qu'il existait un risque de dispersion des formations. La conséquence serait un net manque d'efficacité sur l'acquisition de la lecture et la maîtrise de l'écrit[2]. Certes, de nombreux progrès sont faits dans les domaines étudiés (ce qui n'est pas négligeable), mais il apparaît que souvent les progressions en matière de lecture et d'écriture sont insignifiantes. Aux États-Unis comme en France les activités n'ont cessé de se diversifier. L'offre de formation est ainsi devenue séduisante non seulement pour les personnes en situation d'illettrisme, mais aussi pour celles connaissant des difficultés d'insertion et n'ayant pas de problème spécifique de lecture ou d'écriture. La lutte contre l'illettrisme passe alors au second plan, elle se dissout dans la problématique de l'insertion sociale. Ce glissement vers la facilité (les enseignements sont plus courts et très concrets) ou vers l'urgence (les questions du logement, de la santé ou de la sécurité

1. *Acquérir les savoirs de base*, *op. cit.*
2. Janet K. Sheehan-Holt et M. Cecil Smith, « Does Basic Skills Education Affect Adults' Literacy Proficiencies and Reading Practices ? », avril-juin 2000, vol. XXXV, n° 2.

sont abordées) constitue un risque majeur, celui de déplacer l'offre de formation et d'à nouveau exclure à terme les personnes réellement en situation d'illettrisme. L'élargissement de la thématique doit se faire dans une logique globale de progression qui ne peut faire l'impasse sur l'acquisition du lire et de l'écrire.

La troisième voie concerne plus spécifiquement l'accès à l'emploi ou la reconversion professionnelle et pose le problème de la « mise à niveau ». Cette « mise à niveau » est l'objectif unique dans de nombreuses propositions. Soit le but visé est d'atteindre un niveau de qualification professionnelle (mise à niveau pour une validation d'acquis), soit la formation n'est qu'une période d'adaptation de l'individu au travail disponible. L'accès à l'emploi peut se révéler être en fait un processus d'adaptation de l'individu à une organisation dont on perçoit difficilement la flexibilité. Dans ce cas il ne s'agit pas forcément d'un processus d'apprentissage mais plutôt de conformation du comportement de la personne aux exigences de l'employeur.

Des grilles de compétence sont utilisées, notamment au Canada, pour mettre en avant des « savoir être » : « être persévérant, être organisé, être débrouillard, être responsable, être disponible, être patient, être méticuleux, être capable de travailler sous pression, être fiable, être précis, être souple[1]... ».

Elles laissent indirectement apparaître le fait que de nombreux postes ne nécessitent pas une réelle qualification. En période de croissance et de réduc-

1. R. Bélisle (éd.), *Nos compétences fortes*, Manuel des animatrices et des animateurs, Institut canadien d'éducation des adultes, 1995 ; R. Cloutier et D. Gladu, « La reconnaissance de compétences professionnelles », in *Formation-Travail-Travail-Formation*, 1991.

tion du chômage, les personnes illettrés devraient, comme par le passé, pouvoir intégrer les places pour lesquelles lecture et écriture ne sont pas nécessaires et où les tâches à effectuer leur seraient accessibles. Malgré tout, elles semblent rester à la marge de ces emplois. Le problème est donc ailleurs. Dans ce cadre, les comportements au moment de l'embauche ou dans la pratique professionnelle et les représentations qui les accompagnent risquent d'aller à l'encontre de ce qu'attend l'employeur. Le rôle des animateurs sociaux serait alors de faire comprendre qu'un changement d'attitude est nécessaire, et qu'une remise en cause profonde dans la manière d'aborder le travail sera la condition majeure de leur accès à l'emploi. Il ne s'agit donc plus de proposer de nouveaux savoirs mais plutôt de faire prendre en compte les attentes comportementales exigées par le monde de l'entreprise.

Apporter du savoir, réussir une certaine insertion sociale ou rendre une personne « employable » constituent les trois objectifs de la compensation de l'illettrisme. Mais le risque de délaisser la question des connaissances (dont l'efficacité est difficilement mesurable) au profit de celle de l'adaptation comportementale (dont l'effet sur l'accès à l'emploi est plus direct) est toujours présent.

Le fort abandon au cours des formations témoigne de la réelle difficulté de mener à bout des enseignements relativement longs. Le pragmatisme qui consiste à viser directement l'emploi ne tient pas compte des leçons du passé. Car si les situations de crise économique dans les pays occidentaux ont révélé que les personnes illettrées étaient les plus vulnérables, la réapparition de l'emploi ne doit pas faire oublier leur précarité (voir chap. IV). Or ramener la lutte contre l'illettrisme à la capacité de trouver sa place en tant que « travailleur illettré » dans l'entreprise équivaut à conserver une grande fragilité dans l'emploi, sachant que pour ces personnes le risque est bien plus grand en cas de récession, de restructuration ou de mutation de l'appareil de production que pour n'importe quel autre salarié.

Les entreprises ne semblent pas faire preuve d'un réel dynamisme dans leur volonté de reconvertir les populations exclues, et cela malgré leur besoin affiché de main-d'œuvre[1]. Aux États-Unis comme en Angleterre, le recours à l'immigration de personnes des pays dits du « tiers monde », et ayant fait preuve de leur excellence, semble une solution plus immédiate et plus simple qu'un long projet de formation de personnes qui, elles, ont montré des difficultés à acquérir des connaissances. Le rôle de l'État est donc essentiel pour faciliter un retour à l'emploi.

La tentation d'occulter la question de la lecture et de l'écriture est grande et on peut constater à travers certains discours que l'argument économique serait prêt à tout résoudre : si lutter contre l'illettrisme consiste à donner des emplois aux illettrés, alors la croissance économique y pourvoira ; s'il est possible de travailler sans pourvoir lire et écrire, à quoi bon s'entêter à apprendre ? Pourtant, la lecture et l'écriture doivent rester au cœur de la problématique de la lutte contre l'illettrisme.

Parce qu'il apparaît aujourd'hui que la prospérité n'assurera pas automatiquement le plein emploi, l'illettrisme pose indirectement l'écrit comme socialement indispensable et désigne ainsi ceux qui subiront les aléas que pourrait occasionner le marché du travail. L'acquisition de la lecture et de l'écriture

1. Bertrand Bissuel, « La grande solitude des laissés-pour-compte de la reprise économique », *Le Monde*, 18 juillet 2000.

reste la condition d'un premier affranchissement de ce nouveau mode de fonctionnement social. Le savoir est mis au centre de la compétition économique entre les demandeurs d'emploi. Or, la maîtrise de l'écrit est le mode d'acquisition des connaissances le plus productif.

La lutte contre l'illettrisme devrait avoir pour ambition de faire que les personnes puissent améliorer leurs capacités d'apprentissage en leur montrant les outils et les stratégies à mettre en œuvre afin qu'elles puissent seules ou en groupes, à l'intérieur de formations ou dans des contextes moins formels, intégrer des connaissances qui leur seront directement utiles. Le défi est de replacer les personnes dans une logique d'acquisition permanente, par des outils plus efficaces que la simple transmission d'une oralité familière. Certaines associations ont déjà adopté cette démarche, en développant par exemple un travail sur la psychologie de l'apprenant, notamment sur la prise de conscience de stratégies d'apprentissage bien présentes mais jamais clairement perçues.

La compétition économique entre les salariés — régie par le savoir — n'est envisageable qu'à deux conditions : faire que les personnes puissent investir dans leurs compétences (les doter d'outils fondamentaux dont font partie la lecture et l'écriture), et faire qu'ils construisent au mieux leur choix. L'accès au savoir déterminera demain plus que jamais le degré de liberté sociale des individus, ce qui, au regard des propositions actuelles concernant les risques de marchandisation[1] des enseignements, redonne à l'État

1. On citera ici Ricardo Petrella qui souligne que l'éducation fait désormais partie des thèmes qu'aborde le GATT (General Agreement on Tariffs and Trade) : « Nos gouvernements et nos sociétés ont progressivement accepté le fait que l'éducation soit

le rôle fondamental de régulateur du fonctionnement social comme garant des voies d'accès au savoir.

Les trois directions décrites de la lutte contre l'illettrisme peuvent être intégrées dans des parcours bien construits. Par exemple, certaines entreprises acceptent de jouer le jeu d'une insertion sociale et professionnelle : l'employé suit une formation spécifique à son travail et la renforce par d'autres contenus (savoirs de base) ; l'employeur, de son côté, s'engage à tenir compte du besoin de formation, participe à la qualification et aménage les postes de travail. Il accorde un temps destiné à la formation générale. La structure de la lutte contre l'illettrisme fait se rencontrer les deux parties et propose dans un accord mutuel un mode de fonctionnement. Ces expériences, bien que fructueuses, demeurent rares. Elles s'appuient notamment sur des pratiques professionnelles qui servent de prétexte au travail sur les connaissances (par exemple le permis de conduire et la formation au métier de chauffeur poids lourd permettent d'aborder tous les thèmes que l'organisation d'un voyage peut mobiliser).

D'autres associations très performantes ont adopté des démarches pédagogiques qui s'inscrivent dans une logique de projet de vie. Les objectifs de la formation sont définis avec le stagiaire, tout comme les modes d'évaluation de ses progrès. La pratique de terrain inverse la question des savoirs de base et pose plutôt la question des savoirs nécessaires, qu'elle relativise selon les objectifs de chaque apprenant.

---

traitée comme une marchandise [...] le *global educational market* est en train de se construire sous nos yeux» (Ricardo Petrella, *Les pièges de la marchandisation de l'éducation. L'école face à la différence*, Nathan, 2000).

Les obstacles « insurmontés » de la lutte contre l'illettrisme

Depuis 1984, année de la création du Groupe permanent de lutte contre l'illettrisme, l'État n'a cessé de renforcer sa politique. En 1998, la loi de lutte contre les exclusions intègre la question de l'illettrisme et la pose comme l'une des priorités du service public dans son ensemble (voir encadré).

L'augmentation constante des budgets est la preuve d'une priorité politique assumée. Une estimation de 1997[1] chiffrait la dépense à près de 300 millions de francs, toutes ressources confondues : État, collectivités locales, fondations privées...

La loi de lutte contre les exclusions (1998)

« *Article 24* — La lutte contre l'illettrisme fait partie de l'éducation permanente. L'État, les collectivités territoriales, les établissements publics, les établissements d'enseignement publics et privés, les associations professionnelles, syndicales et familiales, ainsi que les entreprises y concourent chacun pour leur part.

Les actions de lutte contre l'illettrisme sont des actions de formation, au sens de l'article L 900-2.

Les coûts de ces actions sont imputables au titre de l'obligation de participation au financement de la formation professionnelle prévue à l'article L. 950-1.

1. « La lutte contre l'illettrisme : aujourd'hui où en est-on ? » *Quels chantiers pour 1998-2000*, GPLI, 1998.

Article 149 — La lutte contre l'illettrisme constitue une priorité nationale. Cette priorité est prise en compte par le service public de l'éducation ainsi que par les personnes publiques et privées qui assurent une mission de formation ou d'action sociale. Tous les services publics contribuent de manière coordonnée à la lutte contre l'illettrisme dans leurs domaines d'action respectifs. »

Le Groupe permanent de lutte contre l'illettrisme a ouvert la voie. Ses apports majeurs demeurent la sensibilisation et notamment celle du grand public. Toutefois, et malgré ce long et patient travail, l'illettrisme reste encore et pour beaucoup un problème second. Le travail de sensibilisation est loin d'être achevé.

Un rapport de 1999 a nuancé le bilan de la lutte contre l'illettrisme en France. Ce rapport, commandé par le secrétariat d'État à la formation professionnelle et le ministère de l'Emploi et de la Solidarité, formule les critiques essentielles qui devraient conduire à une réforme de l'action publique. Il montre notamment l'incroyable complexité des montages financiers (figure 17) que doivent opérer les organismes pour subventionner les formations et compenser les manques administratifs. Il constate surtout, devant l'absolue hétérogénéité des actions de terrain, qu'il n'y a aujourd'hui en France « aucune égalité des chances d'accès aux savoirs de base [1] » et cela après quinze années d'actions (figure 18).

1. Rapport Geffroy, *Lutter contre l'illettrisme, op. cit.*

FIGURE 17

Liste des principaux financeurs

État	Organismes sociaux	Fonds social européen	Collectivités territoriales	Entreprises
Fonds pour la formation professionnelle et la promotion sociale (et notamment le programme IRILL : insertion-réinsertion et lutte contre l'illettrisme)	Fonds d'action social	« Il concerne les actions pour combattre le chômage de longue durée et faciliter l'insertion professionnelle des jeunes et des personnes exposées à l'exclusion du marché du travail. »	Région (contrat de plan État / Région...)	Fondations
Dispositifs (stage d'insertion et de formation à l'emploi, contrat emploi-solidarité, atelier pédagogique personnalisé...)	Caisse d'allocations familiales	« Il vise à accompagner l'adaptation des salariés aux mutations industrielles et à l'évolution des systèmes de production. »	Départements (RMI...)	Industrie
Action sociale			Municipalités	
Politique de la ville				
Ministère de la Culture (DRAC)				

Le statut des personnes détermine les modes de financement des formations. Ainsi, les allocataires du RMI auront l'appui d'un financement du conseil général, un adulte immigré, celui du Fonds d'action sociale, les jeunes bénéficieront d'un programme de la région ou du trajet d'accès à l'emploi, les personnes de quartiers sensibles du contrat de ville... Il existe un nombre de parcours limités pour l'année (scolaire ou civile en fonction des financements). Des listes d'attente témoignent de l'insuffisance des financements en la matière.

Cette difficulté récurrente de rationaliser et de structurer les entreprises de terrain découle de certaines ambiguïtés sur ce que doit être la lutte contre l'illettrisme.

La question de la maîtrise de l'écrit par les Français d'âge adulte a été, de l'après-guerre aux années 80, complètement occultée. Avec la mise en place du GPLI (1984), l'action de l'État ne pouvait s'établir que sur de très rares expériences. Tout semblait alors à construire ; même si les associations caritatives avaient ouvert la voie depuis les années 70, celles-ci s'appuyaient sur le bénévolat, qui par essence ne pouvait constituer qu'une solution de complément aux réponses de l'État.

La structuration d'un réseau avec des relais régionaux et départementaux n'a pas connu l'efficacité escomptée. Avant tout à portée administrative, ce réseau a d'abord été confronté à l'ambiguïté du concept (où commence et où s'arrête l'illettrisme), à la dualité d'une mission où les limites entre travail social et enseignement demeurent floues et à la nécessité d'innover sans en avoir réellement la capacité.

Du fait de relais locaux fragiles, la coordination des actions s'est trouvée considérablement gênée. Devant la lenteur des changements, d'autres intervenants institutionnels ont pris de nombreuses initiatives. La Protection judiciaire de la jeunesse ou l'administration carcérale ou encore le ministère de la Défense et l'Éducation nationale[1] ont avancé de manière autonome sur ces questions. Il en est de même pour les collectivités territoriales. Deux groupements d'intérêt public ont été créés, l'un en Poitou-Charentes et l'autre dans la région Nord-Pas-de-Calais.

L'une des difficultés majeures qui, si on avait su la lever, aurait favorisé la mise en place de structures spécifiques et stables vient de l'hétérogénéité de l'offre de formation. Constituée d'associations d'origine caritative (le Secours catholique, la Croix-Rouge française, la Fédération des œuvres laïques), de bénévoles de la lutte contre l'illettrisme ou bien encore d'associations ayant une mission plus générale d'insertion et émanant d'un centre municipal, l'offre intègre des organismes de formation (associations recensées par la formation professionnelle) et des intervenants institutionnels (comme l'Éducation

1. Sur le front de la prévention, l'opérateur principal fut l'Éducation nationale. La politique de lutte contre l'illettrisme n'a fait que prolonger une logique née depuis la réforme du collège unique, et qui consistait à combattre l'échec scolaire. Depuis les années 80, l'Éducation nationale a multiplié les initiatives dès la maternelle pour endiguer le flux des jeunes sortant chaque année du système scolaire avec d'importantes difficultés de lecture et d'écriture. De nombreuses expérimentations ont été mises en place, et des changements profonds se sont lentement (trop lentement) opérés. Parmi les plus marquants, on notera l'identification, dès la maternelle, des enfants dyslexiques, la mission de la deuxième chance pour minimiser l'échec scolaire, le travail concernant l'évaluation des élèves que fournit la Direction de la programmation et du développement, la mise en place d'un observatoire de la lecture, qui assure la diffusion des travaux de recherche, l'existence d'un réseau lecture pour l'école primaire, etc.

nationale à travers les GRETA[1] et les APP[2]). Ces structures sont en concurrence pour l'obtention des subventions et la captation des publics. Les petites associations qui demeurent les structures les plus souples sont aussi celles qui souffrent le plus. Elles ont chacune leur mode de fonctionnement et emploient des formateurs bénévoles ou salariés. Les coûts des heures d'enseignement varient du tout au tout selon les modalités d'organisation.

La typologie des opérateurs de lutte contre l'illettrisme n'a jamais été réalisée. Devant les difficiles conditions d'exercice de leur profession, les intervenants se sont même livrés à des guerres fratricides. Les bénévoles ont été accusés d'un manque de professionnalisme, alors que bien souvent ils étaient issus du corps enseignant (aussi bien de l'Éducation nationale que de la formation continue).

Tous les acteurs de la formation sont dépendants en règle générale des subventions de l'État. Le renouvellement hypothétique des financements provoque une grande précarité des formateurs salariés. Seules les heures d'enseignement accomplies sont rémunérées, ce qui rend les structures tributaires de l'assiduité et de l'inscription des apprenants. Les emplois de formateur, très souvent tenus par des femmes et quasiment toujours en contrat à durée déterminée, sont mal rémunérés du fait de la coexistence du bénévolat. Ces conditions difficiles provoquent une rotation importante des personnels. Celle-ci perturbe la capitalisation des savoir-faire et les structures ne peuvent que très rarement financer la formation de leurs enseignants salariés[3].

1. Groupement d'établissements de l'Éducation nationale.
2. Ateliers pédagogiques personnalisés.
3. Le Québec, qui a toujours mené une politique volontariste de lutte contre l'illettrisme, connaît les mêmes problèmes de précarité des intervenants.

Des actions de formation de formateur et l'apparition de stages et de diplômes universitaires sont venues compenser certains manques. Le bénévolat ne dure souvent qu'un temps. Pour pouvoir capitaliser la formation, les associations doivent investir, et embaucher notamment des conseillers pédagogiques salariés, qui relaient leur savoir-faire auprès des bénévoles et assurent une continuité dans les actions d'enseignement. Ce qui signifie qu'un bénévolat de qualité nécessite un investissement financier conséquent. Aucune action à coût zéro n'existe en la matière.

Des initiatives soutenues localement et notamment par les collectivités territoriales[1] sont venues combler certains manques dans l'offre de formation. Une articulation entre associations de bénévoles et dispositifs de formation permet quelquefois de faire accéder des personnes à des parcours de formation sur un plus long terme. La souplesse des associations bénévoles permet de commencer un travail et de redonner confiance aux apprenants. Elles peuvent aussi réamorcer une insertion sociale en rétablissant des contacts.

La coordination des actions de terrain devrait être la nouvelle priorité politique. On a pu constater une réelle méconnaissance mutuelle des intervenants. La faiblesse des ressources économiques a fait naître un climat de concurrence qui poussait au retranchement et la précarité a fait disparaître de nombreux acteurs de la formation. Une évolution vers la coopération et le partage des savoir-faire semble absolument nécessaire. Si celle-ci ne vient pas de l'État, il reste à espérer que les associations elles-mêmes puissent se fédérer. L'enjeu est d'importance puis-

1. Atelier permanent de lutte contre l'illettrisme, atelier de formation de base, atelier lire, écrire, compter...

FIGURE 18

Comparaison régionale des financements de la lutte contre l'illettrisme en 1997

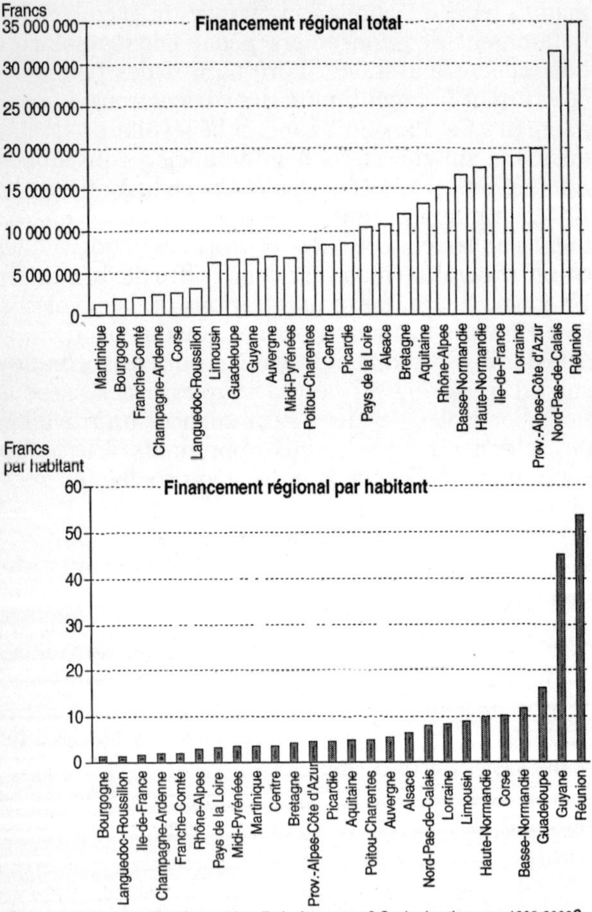

Source :La lutte contre l'illettrisme: aujourd'hui, où en est-on? Quels chantiers pour 1998-2000? , GPLI, 1998.

qu'il s'agit de faire exister et reconnaître la profession de ces « nouveaux » enseignants.

Le contexte de l'enseignement et la question pédagogique

L'enseignement dispensé dans le cadre de la « lutte contre l'illettrisme » est très diversifié. Mais outre la diversité des contenus qui privilégieront soit la question des savoirs, soit celle de l'insertion sociale ou professionnelle, les méthodes qui sont employées sont, elles aussi, très nombreuses.

Les méthodes d'apprentissage de la lecture en sont une bonne illustration. Elles abondent sur le marché de la formation. Mais malheureusement, la méthode miracle n'existe pas, même si certaines s'affirment comme révolutionnaires.

Sur le terrain, de nombreuses méthodes de lecture se côtoient. On trouve aussi bien les livres destinés aux écoles primaires, quelquefois vieux de trente ans (que les associations ont gracieusement récupérés auprès des écoles), que des méthodes pour adultes, très professionnelles et commercialisées par des éditeurs scolaires (Hachette, Nathan). Depuis quelques années, les méthodes sérieuses ne prétendent plus résoudre les difficultés de lecture dans leur globalité mais ciblent des objectifs très définis et plus ou moins ambitieux : l'acquisition de l'identification des mots ; une connaissance rudimentaire de l'orthographe ; la lecture de documents de la vie quotidienne ; savoir s'expliquer à l'oral, etc. Elles apparaissent plus comme des palettes d'outils qui sont proposées à la sagacité du formateur que comme « la méthode passe-partout » dont l'usage devrait être généralisé et qui conduira à la maîtrise de l'écrit.

La complexité de certains outils peut surprendre. Certaines méthodes se parent d'une technicité quelquefois superflue mais qui présente l'avantage, pour l'éditeur, de nécessiter une formation plus ou moins lourde des praticiens : une autre façon de rentabiliser un marché qui ne l'est pas. Il y a quelques années les grands éditeurs pensaient se positionner sur ce nouveau segment, mais ils ont pour la plupart tous capitulé et n'ont fait qu'écouler péniblement leurs stocks, sans mener de véritable programme sur le long terme. Les grandes maisons d'édition n'ont pas articulé réellement à leurs outils des plans de formation convaincants. En revanche, d'autres éditeurs plus spécialisés ont quelquefois bien réussi cette combinaison. Mais les coûts (outils et formations) et la complexité des démarches font mauvais ménage avec la rotation importante des praticiens. Le savoir pédagogique de la lutte contre l'illettrisme se capitalise mal et la formation de formateur apparaît comme un puits sans fond devant la précarité des organismes et de leur personnel.

Le développement des outils est, à l'image de l'offre de formation, peu structurée. Seuls les centres ressources illettrisme assurent une certaine diffusion avec une grande inégalité sur le territoire national. Les méthodes sont certes nombreuses mais ne sont pas pour autant connues et partagées. Avec le désengagement actuel des grands éditeurs scolaires, la lutte contre l'illettrisme perd le bénéfice d'auteurs féconds et innovants que seules les grandes maisons d'édition étaient capables de fédérer autour d'un projet commun.

De manière plus artisanale, il est fréquent de rencontrer des praticiens qui ont développé leur propre approche. Ces méthodes « maison » sont souvent le produit d'une longue expérience. Elles symbolisent une certaine démarche d'appropriation de l'enseignement. Mais, là encore, la diffusion de ces expériences reste rare. De nombreuses critiques portent sur la réinvention constante de travaux déjà existants, mais comme la capitalisation des expériences est difficile et que leur diffusion est mal assurée, la création ou la découverte par soi-même de « façons de faire » devient une réaction salutaire.

En général, les outils ne constituent souvent que des réponses partielles aux interrogations pédagogiques des praticiens. C'est la contrepartie de leur précision. Ils sont souvent inadaptés à certaines problématiques, s'appuyant sur des présupposés ne concernant jamais l'ensemble du public.

Le présupposé le plus fréquent est de considérer que les personnes ont des difficultés spécifiques dans l'apprentissage de la lecture et de l'écriture, voire des dyslexies ou des dysorthographies. On s'appuiera d'autant plus aisément sur des bilans qui révéleront des faiblesses en la matière. Mais c'est oublier que les évaluations rendent compte plus facilement du passé de l'apprenant que de son potentiel[1]. De nombreuses personnes ne connaissent pas de difficultés spécifiques d'apprentissage de la lecture et de l'écriture.

Trois types d'intervention doivent être distingués. D'abord l'illettrisme peut être dû à un ou des rendez-vous manqués avec l'apprentissage : la personne a eu une scolarité écourtée ou bien troublée à un moment de son enfance (accidents, drames familiaux, maladies, migrations, délinquances...), et jamais compensée par la suite. Elle ne connaît pas de difficultés

1. Un apprentissage de la lecture maintes fois interrompu pourra être le symptôme d'une dyslexie de surface (confusion de lettres ou de leur arrangement).

pour réapprendre à lire et à écrire ou bien renforcer ses compétences. Ce qui signifie qu'elle sera capable de construire son acquisition à partir de méthodes diverses (plus ou moins efficaces). Elle renforcera ses performances si elle maintient sa pratique de l'écrit. Les personnes ayant ce profil pédagogique ont souvent développé de nombreuses autres compétences, et se décourageront si l'enseignement est trop lent ou s'il dispense des contenus déjà connus ou peu utiles à leurs yeux.

Le second type d'intervention doit prendre en compte les personnes qui connaissent des difficultés générales lors des apprentissages, pas seulement de la lecture et de l'écriture, mais concernant le fait même d'apprendre. La nature des troubles de l'apprentissage étant très variée, il s'agit de bien cibler les interventions : problème psychologique (perte de confiance, image négative de soi-même), problème fonctionnel (mémoire, repère...), problème culturel (les personnes ne comprennent pas la finalité d'unc situation d'apprentissage décontextualisée). Un travail sur l'identité et sur la personnalité peut alors être envisagé ; pour les troubles fonctionnels, une remédiation cognitive. Ces démarches spécifiques ont le plus souvent besoin de l'appui de spécialistes (psychologues, psychiatres, enseignants spécialisés).

Enfin le troisième cas recouvre les personnes connaissant des difficultés spécifiques dans l'apprentissage de la lecture et de l'écriture (mauvaise maîtrise linguistique à l'oral, grande insécurité, grande pauvreté du vocabulaire et de l'expression, dyslexie, confusion des sons, troubles du langage associés...). Un travail sur l'oral est souvent nécessaire, et le recours à l'orthophonie peut lever certains blocages. Là encore, une formation particulière est nécessaire et l'appui de spécialistes vivement recommandé.

Ces distinctions catégorielles ne s'excluent pas mutuellement mais sont souvent imbriquées. Les personnes connaissant des troubles de l'apprentissage, des difficultés à l'oral ou des troubles du langage écrit devront être guidées de façon précise pour les compenser ou les contourner. Dans les actions de lutte contre l'illettrisme, tout intervenant connaît à la fois des succès spectaculaires et des échecs cuisants car l'identification des blocages est pour les cas marginaux d'une extrême difficulté. Les associations de lutte contre l'illettrisme accueillent fréquemment des personnes qui sont à la limite du cas pathologique ou bien dont la pathologie est avérée. Les centres d'aide par le travail[1] sollicitent de plus en plus fréquemment les ateliers de lutte contre l'illettrisme. Ils représentent les seuls endroits où ces personnes peuvent apprendre des contenus qui soient à leur portée, dans un enseignement souvent individualisé ou dans des groupes réduits de quinze personnes. Certaines structures, se jugeant incompétentes face à ces difficultés, imposent des critères d'admission afin de se détourner de ces publics. Elles évitent ainsi d'affronter le véritable problème de la lutte contre l'illettrisme : garantir l'accès au savoir quelle que soit la personne, ses conditions psychologiques, morales, économiques...

Plusieurs étapes distinctes apparaissent comme fondamentales dans la mise en place de toute action qui veut s'établir dans le temps.

1. Les centres d'aide par le travail (CAT) accueillent des travailleurs handicapés adultes (20-60 ans) orientés par la Commission technique d'orientation et de reclassement professionnel (COTOREP). Leur objectif est d'offrir une insertion par le travail. Selon les sites, d'autres activités sont développées et notamment on peut trouver des actions éducatives et de la formation (loi n° 87-517 du 10 juillet 1987 en faveur de l'emploi des travailleurs handicapés).

Le retour vers la formation est un parcours long et complexe. Les démarches autonomes sont rares et s'inscrivent dans un processus au cours duquel on accepte peu à peu l'idée que les lacunes doivent et peuvent être dépassées[1]. Certains événements déclenchent cette prise de conscience : la scolarisation des enfants, la volonté de sortir du milieu familial, un divorce, la perte d'un emploi... La difficulté est alors de trouver un lieu de formation, voire de financer soi-même son apprentissage, ce qui rend les démarches spontanées plus difficiles encore.

Plutôt que de traiter l'illettrisme comme l'ensemble des autres problèmes sociaux, c'est-à-dire dans l'urgence, il est essentiel de permettre la prise de conscience à la fois des difficultés et des possibilités de les dépasser. Aux événements incontrôlés de la démarche volontaire, on peut alors ajouter de nouveaux déclencheurs qui favoriseraient le retour aux apprentissages. La rencontre avec un enseignant, un formateur, un travailleur social peut devenir l'un de ces autres déclics. L'incitation à la formation de la part des employeurs peut également s'avérer décisive.

Développer ces nouvelles opportunités reste un chantier important pour compenser l'illettrisme. Les difficultés de lecture et d'écriture sont fréquemment considérées comme secondaires et les intéressés eux-mêmes mesurent mal les conséquences de leurs manques. Les structures de lutte contre l'illettrisme

1. Marie-Thérèse Larroque, directrice de l'AFPLI à Nevers, raconte qu'une personne s'est un jour présentée à cette association de lutte contre l'illettrisme en montrant un prospectus que les membres de l'association avaient distribué deux ans plus tôt sur un parking de supermarché. Il avait été dit à cette personne d'aller voir à l'adresse indiquée sur le papier (au cœur des « quartiers » de la ville de Nevers) et c'est seulement deux années après que cette démarche fut entreprise.

sont souvent méconnues et pour déclencher une démarche d'apprentissage, il leur est nécessaire de s'appuyer sur un réseau hétéroclite[1] capable d'orienter les personnes identifiées comme étant en difficulté (figure 19).

Certaines associations ont choisi de s'implanter au milieu des cités défavorisées afin d'affirmer leur existence aux yeux de tous et « recrutent » leurs apprenants notamment par le bouche-à-oreille. La chance d'intégrer une formation dépend des places disponibles. L'inscription sur des listes d'attente démobilise les moins motivés.

Une fois que les personnes ont accédé à la formation, apparaît une autre difficulté majeure : le maintien dans cette formation. Les causes d'abandon sont nombreuses. Mais contrairement à ce que l'on pourrait penser, la peur de ne pas réussir n'est pas le premier obstacle. L'inscription dans un projet de vie plus global, la définition d'objectifs envisageables font que l'apprentissage de l'écrit est souvent vite gratifiant. Dans une pédagogie de projet s'appuyant sur la réussite comme principale motivation, les progrès sont rapides, sauf cas de troubles psychologiques ou mentaux qui rendent plus difficiles les acquisitions. Ce sont surtout les contingences d'un quotidien difficile qui vont peser sur l'assiduité : les moyens de transport, de garde d'enfant, les ressources, les conflits familiaux et l'emploi. En effet, le travail rémunéré et l'apprentissage de la lecture et de l'écriture sont concurrents. Nombre de formations sont interrompues parce que les stagiaires ont l'opportunité de travailler pendant quelques mois. Le retour en formation à la fin d'un contrat demeure très hypothétique.

1. Afin de résoudre la complexité, on constate par endroits l'existence de plates-formes d'orientation.

FIGURE 19

La diversité des acteurs dans la lutte contre l'illettrisme (listes non exhaustives)

L'identification des publics	Les actions de formation
Par les travailleurs sociaux : assistantes sociales, éducateurs (Protection judiciaire de la jeunesse, foyer des jeunes travailleurs, centres d'hébergement et de réinsertion sociale), agents d'accueil des missions locales.	**Par la formation professionnelle :** • Organismes spécialisés dans la lutte contre l'illettrisme (associations ou sociétés). • Organismes offrant une mise à niveau pour un parcours qualifiant. Ces associations ne font pas exclusivement de la lutte contre l'illettrisme (l'AFPA peut s'appuyer sur des ateliers pédagogiques personnalisés pour rendre possible une formation professionnelle).
Par la direction du service national du ministère de la Défense et la journée d'appel de préparation à la défense (JAPD).	**Par l'Éducation nationale :** Au-delà de la mission de prévention, l'Éducation nationale intervient auprès d'adultes dans la lutte contre l'illettrisme par l'intermédiaire des GRETA (groupes d'établissements) ainsi que dans le milieu carcéral.
Par les organismes de recherche d'emploi et de la formation : ANPE, AFPA, centres institutionnels de bilans de compétence, centres de positionnement linguistique.	**Par la Direction départementale de l'action sanitaire et sociale (DDASS) :** essentiellement consacrées à l'enseignement du français langue étrangère, les actions se développent également auprès d'un public en situation d'illettrisme.
Par l'Éducation nationale : • Par le dispositif de la mission d'insertion des jeunes. • Un repérage existe à l'entrée des maisons d'arrêt. Il est réalisé à l'initiative de l'Éducation nationale et de l'administration pénitentiaire.	**Par les centres d'action sociale :** ces centres peuvent développer des ateliers de lutte contre l'illettrisme.
Par les acteurs de proximité : famille, voisinage, services de police, maisons de quartier, centres communaux d'action sociale...	**Par d'autres moyens :** Les associations de bénévoles, les écrivains publics, l'entraide...
Dans l'emploi : par l'employeur, les syndicats...	
Par les maisons d'enfants, la DDASS, familles d'accueil	

Les abandons peuvent également provenir de certaines maladresses commises par des formateurs peu professionnels. Outre les travers de l'infantilisation des stagiaires qui ont déjà été évoqués, mais qui restent un risque constant, certains stagiaires ont quelquefois été rebutés par la facilité des activités et ont l'impression de ne rien apprendre de plus. Il est de première importance de bien cibler le niveau de l'intervention pédagogique et pour cela de « positionner » la personne par des tests ou des entretiens moins formels, afin de poser des points de repère sur ce qui est su et ce qui est ignoré. Il s'agit de situer les connaissances et les compétences sur lesquelles pourra s'appuyer le formateur afin de construire sur une première base de nouvelles acquisitions[1]. Cela évitera l'écueil d'enseigner des contenus de formation déjà usés, c'est-à-dire vus et revus et pourtant non assimilés. Avec les adultes, il est préférable d'aller à l'essentiel, c'est-à-dire d'aborder la difficulté sans une révision trop générale des acquis et trop distante des besoins.

La valorisation des progrès est enfin nécessaire pour inciter à poursuivre. La personne doit constamment être le témoin de son propre changement.

De nombreuses actions ont intégré ces approches, elles permettent l'individualisation des parcours, des entrées et des sorties permanentes, un aménagement souple des durées de formation, une déloca-

1. Vitgosky décrit une « zone proximale de développement » : le fonctionnement mental d'une personne est toujours prêt à recevoir et à structurer de nouveaux acquis, il s'agit pour l'enseignant de comprendre ce qui peut être assimilé par l'apprenant et de construire une démarche qui s'appuiera sur ce qui est su. Pour un aperçu synthétique sur ces questions, voir Alain Moal, « Gestion mentale et transfert des apprentissages », in *Gestion mentale et recherche de sens*, Actes du colloque international de gestion mentale, Nathan Pédagogie, 1996.

lisation de la formation pour se rapprocher des personnes, des horaires adaptés.

Malgré tout, beaucoup mettent en doute le possible apprentissage de la lecture et de l'écriture des adultes. On pense que c'est « trop tard », que seuls les enfants ont la flexibilité intellectuelle nécessaire à leur acquisition. Cette condamnation à perpétuité de l'illettré appartient aux clichés populaires. L'illettrisme apparaît comme une fatalité. Certaines personnes, elles-mêmes en situation d'illettrisme, le croient profondément et sont prêtes à en témoigner. Cette croyance n'est, bien entendu, pas fondée. Cette apparente fatalité est le premier obstacle à franchir pour amorcer un retour vers l'apprentissage. L'appariement graphème/phonème et une compétence avérée en identification des mots peuvent s'établir chez une personne ayant un très faible quotient intellectuel, donc de faibles ressources cognitives. Identifier les mots et être capable de lire des phrases courtes ou des petits paragraphes restent à la portée de tous. Ces actes de lecture, si modestes soient-ils, permettent d'affronter un très grand nombre d'écrits et d'asseoir une certaine compétence dans une lecture fonctionnelle.

Dépasser la phase de renforcement demeure le plus difficile. La difficulté vient avant tout de la prise de distance qu'aura la personne par rapport à l'acte de lecture. Le lecteur doit être capable de relativiser le sens d'un texte, de prendre position, d'anticiper, de trouver les points communs avec d'autres discours, d'accéder à l'implicite, d'identifier les types d'écrits, leur genre et leur transgression... Or, bien souvent, la lecture est vécue comme une mise à l'épreuve, celle de construire un sens toujours à conquérir. Les bornes incertaines de l'interprétation peuvent empêcher de dépasser la compréhension littérale du texte, et privent l'apprenti lecteur d'un point de vue critique. Ce lecteur ne pourra faire l'économie d'une nouvelle identité à construire. Celle-ci ne se forgera qu'après une certaine expérience qui aura permis de résoudre les incompréhensions, de découvrir des nouveaux écrits, d'aborder la lecture par diverses entrées : l'utilité, le jeu, le plaisir... Mais cette découverte, plus longue, dépasse l'ambition de la lecture fonctionnelle, même si elle donne tout son sens au fait même de lire.

La lutte contre l'illettrisme, une ambition à renouveler

En l'espace de trente ans, et au-delà d'une prise de conscience, un vaste ensemble de travaux et d'expériences ont permis une meilleure connaissance de l'illettrisme.

Toutefois en France, le débat politique sur la lutte contre l'illettrisme a été tranché avant même d'avoir eu lieu : la classe politique s'est plus ou moins prononcée sur la nécessité d'une intervention de l'État à travers ses propres organismes ou bien par le biais de ses partenaires associatifs. Si les intentions sont claires et sont accompagnées de budgets conséquents — sans toutefois que soit mise en place une véritable politique de l'évaluation —, les modalités d'intervention restent incertaines et devraient donner lieu à une véritable réflexion. Certes l'État s'efforce de combattre les dysfonctionnements de la société, mais la réalité n'a jusqu'alors pas toujours été réellement prise en compte. Très vite, de nombreux acteurs de la lutte contre l'illettrisme se sont souciés de l'approche pédagogique, faisant passer au second plan le contexte. Ils ont cédé à l'illusion que des méthodes performantes de travail sur le français à l'oral ou à l'écrit suffiraient. C'était oublier un peu vite le contexte socioculturel dans lequel s'ancrent les apprentissages et comment le vécu prime sur la démarche pédagogique. Pour réussir, il ne suffit pas de mettre certaines personnes en situation d'enseigner en face d'autres personnes venues pour apprendre.

La lutte contre l'illettrisme a besoin de promesses fortes. Bien sûr, maîtriser l'écrit ouvre des perspectives extraordinaires pour tout type d'apprentissage, encore faut-il faire passer ce message et le rendre concret auprès des personnes connaissant de telles difficultés, encore faut-il capter et retenir les « stagiaires », toujours au bord de la démobilisation.

La réforme du service national et l'action de lutte contre l'illettrisme qu'initie la journée d'appel de préparation à la défense (JAPD) posent toutes ces questions et les replacent dans une perspective politique de premier plan. Mais la suppression du service national constitue-t-elle un progrès pour l'insertion des jeunes les plus en difficulté ?

Il ne s'agit pas ici de regretter une conscription qui, à certains égards, était devenue profondément inégalitaire, mais il faut bien constater ce que la fin du service national a enlevé aux jeunes en situation d'illettrisme. Si beaucoup affirment que le séjour sous les drapeaux était une perte de temps, pour un nombre non négligeable de jeunes, c'était l'occasion d'aborder une première expérience de vie parmi des adultes, hors de leur environnement socioculturel, au contact d'autres mondes et avec la nécessité de communiquer, c'est-à-dire de recevoir et de donner. Cette période offrait également des temps de formation, non seulement à travers des actions de remises à niveau telles que le plan Défense-Lecture, mais aussi à travers une série de stages pour l'obtention du permis de conduire, du brevet de secourisme, sans oublier les contenus proprement militaires.

En 1996, un peu plus de 36 000 jeunes gens aptes au service national se révélaient être, selon les tests des centres de sélection, en difficulté de lecture. Avec la fin du service national, la journée d'appel de préparation à la défense, tout en conservant le rôle important de repérage des jeunes garçons et filles en difficulté de lecture[1], étrenne aussi une nouvelle mission : signaler ces jeunes gens en difficulté aux organismes civils susceptibles d'intervenir : les missions locales et les inspections académiques. Mais cette nouvelle fonction n'a pu être réellement préparée malgré les efforts et la ténacité de nombreux acteurs. Qu'on le veuille ou non, la capacité d'intervention sociale que représentait le service national dans son ancienne forme ne peut, du jour au lendemain, être transférée de manière efficace à d'autres dispositifs comme ceux du réseau des missions locales ou à l'Éducation nationale[2]. Il faut aujourd'hui déployer tous les efforts de l'ensemble des ministères pour qu'un jour cette capacité d'intervention puisse rejoindre les effectifs du temps de la conscription[3].

Chaque semaine, lors de ces journées, 20 000 jeunes passent les évaluations et un peu moins de 2 000 devraient pouvoir bénéficier d'une prise en compte de leur situation. Le transfert de la capacité d'intervention sociale de l'ancien service national à d'autres

1. Que l'on estime à près de 65 000.
2. À travers notamment la Mission générale d'insertion, les centres d'orientation et les inspections académiques.
3. C'est grâce notamment à l'engagement du général Jean-Pierre Fassier que l'illettrisme est resté inscrit dans la loi portant réforme du service national.

acteurs de la vie civile, ayant déjà une capacité d'accueil et des habitudes de fonctionnement bien définies, ne peut se faire d'un coup de baguette magique. Il faudra du temps. En attendant, on peut se demander ce qui va se passer dans l'immédiat pour les jeunes en difficulté de lecture.

La lutte contre l'illettrisme doit s'inscrire de façon manifeste dans la logique d'un projet professionnel, dans la dynamique de la formation continue. Elle ne peut se réduire à une étape dont on se débarrasse pour pouvoir apprendre les gestes professionnels, ceux qui, dit-on, suffiront à gagner sa vie. Cela signifie que l'ensemble des filières techniques et professionnelles, à tous les niveaux, doivent accorder une meilleure place au français lu, écrit et parlé.

Pour séduire, certaines pistes ont été essayées ces dernières années : le permis de conduire a souvent servi d'alibi pour retravailler les savoirs de base. Le sport, l'accès à des terrains et à des équipements, a aussi donné l'occasion d'aborder ces savoirs, en mobilisant notamment les apprenants sur les thèmes de la santé et de l'hygiène de vie. Les nouvelles technologies sont aussi très souvent utilisées. Internet permet d'établir des conversations entre classes quelquefois très éloignées, en forçant les stagiaires à passer par l'écrit. De nombreux CD-Rom d'entraînement à la lecture, à l'écrit ou à la logique existent et rencontrent souvent par leur aspect ludique un certain engouement. Les stagiaires peuvent travailler de manière relativement autonome et se tromper sans autre témoin que le correcteur automatique.

La Protection judiciaire de la jeunesse a également expérimenté des cours aux contenus ambitieux à la fois sur le plan culturel et sur le plan scientifique. Il s'agit par exemple d'élaborer une observation astronomique, ou d'étudier un classique de la littérature à travers le cinéma. La médiation d'un « enseignant-expert » permet alors de rendre accessible l'entière démarche d'appropriation d'un savoir que les stagiaires ne pensaient pourtant pas à leur portée.

Si certains restent réfractaires à un savoir par trop théorique, d'autres méthodes se sont centrées sur les écrits de la vie quotidienne et les démarches administratives les plus diverses.

Enfin, l'obstacle de l'argent reste le plus difficile à contourner pour ces jeunes en grande difficulté car l'objectif premier est de gagner leur vie. À la première occasion, ils interrompent leur formation, même s'il ne s'agit que d'un contrat de deux mois. Ce phénomène est nettement visible en région parisienne ou dans les grandes agglomérations où les occasions de petits boulots sont d'autant plus fréquentes que la reprise de le croissance offre de nombreuses opportunités. Le financement d'actions de lutte contre l'illettrisme pour un peu moins de 65 000 jeunes par an est important, mais c'est le prix à payer pour que cette lutte ne soit pas un artifice. Lutter contre l'illettrisme est une ambition moderne, reste à savoir si aujourd'hui la France comme le reste de l'Europe sont prêts à se mobiliser. Devant les conséquences sociales que semblent annoncer les difficultés face à l'écrit, on ose l'espérer.

ANNEXES

CHRONOLOGIE

1560. Apparition en français du mot « illettré ».
1792-1793. Enquête de l'abbé Grégoire sur le parler des Français.
1855. Achille Guillard produit les premiers travaux statistiques sur l'analphabétisme des conscrits et des « accusés ».
1866. Création du certificat d'études par Victor Duruy.
16 juin 1881. Loi sur la gratuité de l'école primaire.
23 mars 1882. Loi sur l'enseignement primaire obligatoire et laïque de 6 à 13 ans.
1892. S'ouvre la réflexion sur les troubles de la lecture liés à des lésions cérébrales.
1897. Apparition du terme « dyslexie ».
1901. Durée moyenne de la scolarisation d'un élève : 7,6 années.
1907. Attestation du mot « analphabétisme ».
1913. Attestation du mot « alphabétisation ».
1921. Durée moyenne de la scolarisation d'un élève : 8,1 années
1936. Durée moyenne de la scolarisation d'un élève : 8,5 années.
1939. L'obtention des allocations familiales est liée à la scolarisation, le taux de scolarisation atteint alors près de 100 %.
1946. Dernier recensement des Français comportant la question de l'alphabétisation.
Durée moyenne de la scolarisation d'un élève : 9 années.
1954. Durée moyenne de la scolarisation d'un élève : 9,7 années.
1958. Définition de l'analphabétisme selon l'UNESCO : « être incapable de lire et d'écrire, en le comprenant, un exposé bref et simple de faits en rapport avec la vie quotidienne ».

1970. Durée moyenne de la scolarisation d'un élève : 11 années. Le certificat d'études n'est plus préparé à l'école et ne sanctionne plus la fin de la scolarité.
1972. Début des actions de lutte contre l'illettrisme au Royaume-Uni.
1974. Le gouvernement britannique, avec dix ans d'avance sur la France, crée l'Adult Literacy Resource Agency.
1978. Définition de l'analphabétisme fonctionnel selon l'UNESCO : « Est fonctionnellement analphabète une personne incapable d'exercer toutes les activités pour lesquelles l'alphabétisation est nécessaire dans l'intérêt du bon fonctionnement de son groupe et de sa communauté et aussi pour lui permettre de continuer à lire, écrire et calculer en vue de son propre développement et de celui de la communauté. »
1978. Création du mot illettrisme par ATD Quart Monde.
1979. La France (comme la Belgique) répond à une enquête européenne qu'il n'y a pas d'analphabétisme sur son territoire.
1983. Rapport au Premier ministre : *Des illettrés en France.*
1984. Création du Groupe permanent de lutte contre l'illettrisme (GPLI).
1987. Disparition officielle du certificat d'études primaires.
1998. Loi de lutte contre les exclusions.
1999. Rapport de Marie-Thérèse Geffroy, *Lutter contre l'illettrisme.*
2000. Dissolution du GPLI, création de l'Agence nationale de lutte contre l'illettrisme.

BIBLIOGRAPHIE

ALEGRIA Jésus, « Mécanismes spécifiques de la lecture : l'identification de mots écrits », *in* A. Bentotila (sous la dir. de), Entretiens Nathan, Actes n° I, 1990.

BAUDELOT Christian et ESTABLET Roger, *Le niveau monte*, Seuil, 1989.

BENTOLILA Alain, *De l'illettrisme en général et de l'école en particulier*, Plon, 1996.

CALVET Louis-Jean, *La tradition orale*, PUF, coll. « Que sais-je ? », 1984.

DERRIDA Jacques, *De la grammatologie*, Éditions de Minuit, 1967.

ESPÉRANDIEU Véronique, LION Antoine et BÉNICHOU Jean-Pierre, *Des illettrés en France*, rapport au Premier ministre, La Documentation française, janvier 1984.

FIJALKOW Jacques, *Mauvais lecteurs, pourquoi ?*, PUF, 1986, rééd. 1990.

FURET François et OZOUF Jacques, *Lire/Écrire. L'alphabétisation des Français de Calvin à Jules Ferry*, Éditions de Minuit, 1977, 2 vol.

GEFFROY Marie-Thérèse, *Lutter contre l'illettrisme*, rapport au ministre de l'Emploi et de la Solidarité et au secrétaire d'État aux Droits des femmes et à la Formation professionnelle, mars 1999.

GIROD Roger, *L'illettrisme*, PUF, coll. « Que sais-je ? », 1997.

GODEFROY Thierry, « Nouvelle donne sur le marché du travail, nouvelle économie répressive ? », in *L'exclusion, l'état des savoirs*, La Découverte, coll. « Textes à l'appui », 1996.

GOFFMAN Erving, *Stigmates*, Éditions de Minuit, coll. « Le sens commun », 1975.

GOODY Jack, *La raison graphique. La domestication de la pensée sauvage*, Éditions de Minuit, 1979.

GOULD Stephen Jay, *La mal-mesure de l'homme. L'intelligence sous la toise des savants*, Ramsay, 1997.

LAHIRE Bernard, *L'invention de l'illettrisme*, La Découverte, 1999.

— *Comment se fabriquent les problèmes sociaux? L'illettrisme en France (1957-1997)*, ministère de l'Emploi et de la Solidarité, GPLI, mai 1998.

Littératie et société du savoir. Nouveaux résultats de l'enquête internationale sur les capacités de lecture et d'écriture des adultes, Paris-Ottawa, OCDE-Statistique Canada, 1997.

Littératie, économie et société. Résultats de la première enquête internationale sur l'alphabétisation des adultes, Paris-Ottawa, OCDE-Statistique Canada, 1995.

MANGUEL Alberto, *Histoire de la lecture*, Actes Sud, 1998.

MORAIS José, ROBILLART Guy *et alii*, *ONL. Apprendre à lire*, Odile Jacob, 1998.

INDEX*

* Établi par Emmanuel Raynal.

DANS LA COLLECTION FOLIO/ACTUEL

1 Alain Duhamel : *Les prétendants.*
2 Général Copel : *Vaincre la guerre (C'est possible !).*
3 Jean-Pierre Péroncel-Hugoz : *Une croix sur le Liban.*
4 Martin Ader : *Le choc informatique.*
5 Jorge Semprun : *Montand (La vie continue).*
6 Ezra F. Vogel : *Le Japon médaille d'or (Leçons pour l'Amérique et l'Europe).*
7 François Chaslin : *Les Paris de François Mitterrand (Histoire des grands projets architecturaux).*
8 Cardinal Jean-Marie Lustiger : *Osez croire, osez vivre (Articles, conférences, sermons, interviews 1981-1984).*
9 Thierry Pfister : *La vie quotidienne à Matignon au temps de l'union de la gauche.*
10 Édouard Masurel : *L'année 1986 dans* Le Monde *(Les principaux événements en France et à l'étranger).*
11 Marcelle Padovani : *Les dernières années de la mafia.*
12 Alain Duhamel : *Le Vᵉ Président.*
13 Édouard Masurel : *L'année 1987 dans* Le Monde *(Les principaux événements en France et à l'étranger).*
14 Anne Tristan : *Au Front.*
15 Édouard Masurel : *L'année 1988 dans* Le Monde *(Les principaux événements en France et à l'étranger).*
16 Bernard Deleplace : *Une vie de flic.*
17 Dominique Nora : *Les possédés de Wall Street.*
18 Alain Duhamel : *Les habits neufs de la politique.*
19 Édouard Masurel : *L'année 1989 dans* Le Monde *(Les principaux événements en France et à l'étranger).*
20 Edgar Morin : *Penser l'Europe.*
21 Édouard Masurel : *L'année 1990 dans* Le Monde *(Les principaux événements en France et à l'étranger).*
22 Étiemble : *Parlez-vous franglais ?*
23 Collectif : *Un contrat entre les générations (Demain, les retraites).*

24 Alexandre Zinoviev : *Les confessions d'un homme en trop.*
25 Frantz Fanon : *Les damnés de la terre.*
26 Paul Bairoch : *Le Tiers-Monde dans l'impasse.*
27 Édouard Masurel : *L'année 1991 dans* Le Monde *(Les principaux événements en France et à l'étranger).*
28 Raoul Vaneigem : *Traité de savoir-vivre à l'usage des jeunes générations.*
29 Georges Corm : *Liban : les guerres de l'Europe et de l'Orient 1840-1992.*
30 Pierre Assouline : *Les nouveaux convertis (Enquête sur des chrétiens, des juifs et des musulmans pas comme les autres).*
31 Régis Debray : *Contretemps (Éloges des idéaux perdus).*
32 Brigitte Camus-Lazaro : *L'année 1992 dans* Le Monde *(Les principaux événements en France et à l'étranger).*
33 Donnet Pierre-Antoine : *Tibet mort ou vif.*
34 Laurent Cohen-Tanugi : *La métamorphose de la démocratie française.*
35 Jean-Jacques Salomon : *Le destin technologique.*
36 Brigitte Camus-Lazaro : *L'année 1993 dans* Le Monde (*Les principaux événements en France et à l'étranger*).
37 Edwy Plenel : *La part d'ombre.*
38 Sous la direction de Jacques Testart : *Le Magasin des enfants.*
39 Alain Duhamel : *Les peurs françaises.*
40 Gilles Perrault : *Notre ami le roi.*
41 Albert Memmi : *Le racisme.*
42 Dominique Schnapper : *L'épreuve du chômage.*
42 Brigitte Camus-Lazaro : *L'année 1994 dans* Le Monde *(Les principaux événements en France et à l'étranger).*
43 Alain Minc : *Le nouveau Moyen Âge.*
44 Patrick Weil : *La France et ses étrangers.*
45 Françoise Baranne : *Le Couloir (Une infirmière au pays du sida).*
46 Alain Duhamel : *La politique imaginaire.*
47 Le Monde : *L'année 1995 dans* Le Monde (*Les principaux événements en France et à l'étranger*).

48 Régis Debray : *À demain de Gaulle.*
49 Edwy Plenel : *Un temps de chien.*
50 Pierre-Noël Giraud : *L'inégalité du monde.*
51 Le Débat : *État-providence (Arguments pour une réforme).*
52 Dominique Nora : *Les conquérants du cybermonde.*
53 Le Monde : *L'année 1996 dans* Le Monde *(Les principaux événements en France et à l'étranger).*
54 Henri Mendras : *L'Europe des Européens.*
55 Collectif : *Le travail, quel avenir ?*
56 Philippe Delmas : *Le bel avenir de la guerre.*
57 Le Monde : *L'année 1997 dans* Le Monde *(Les principaux événements en France et à l'étranger).*
58 Robert Littell : *Conversations avec Shimon Peres.*
59 Raoul Vaneigem : *Nous qui désirons sans fin.*
60 Le Monde : *Lettres d'Algérie.*
61 Philippe Simonnot : *39 leçons d'économie contemporaine.*
62 Jacques Julliard : *La faute aux élites.*
63 Le Monde : *L'année 1998 dans* Le Monde *(Les principaux événements en France et à l'étranger).*
64 Le Monde : *La Déclaration universelle des droits de l'homme.*
65 Edwy Plenel : *Les mots volés.*
66 Emmanuel Todd : *L'illusion économique.*
67 Ignacio Ramonet : *Géopolitique du chaos.*
68 Jacques Huguenin : *Seniors : l'explosion.*
69 Olivier Languepin : *Cuba (La faillite d'une utopie).*
70 Jean-Louis Andreani : *Comprendre la Corse.*
71 Daniel Junqua : *La presse, le citoyen et l'argent.*
72 Olivier Mazel : *La France des chômages.*
73 Gilles Châtelet : *Vivre et penser comme des porcs (De l'incitation à l'envie et à l'ennui dans les démocraties-marchés).*
74 Maryvonne Roche : *L'année 1999 dans* Le Monde *(Les principaux événements en France et à l'étranger).*
75 Dominique Schnapper avec la collaboration de Christian Bachelier : *Qu'est-ce que la citoyenneté ?*

76 Jean-Arnault Dérens : *Balkans : la crise.*
77 Gérard et Jean-François Dufour : *L'Espagne : un modèle pour l'Europe des régions ?*
78 Jean-Claude Grimal : *Drogue : l'autre mondialisation.*
79 Jocelyne Lenglet-Ajchenbaum et Yves Marc Ajchenbaum : *Les judaïsmes.*
80 Greil Marcus : *Lipstick Traces (Une histoire secrète du vingtième siècle).*
81 Pierre-Antoine Donnet et Anne Garrigue : *Le Japon : la fin d'une économie.*
82 Collectif : *Questions économiques et sociales.*
83 Maryvonne Roche : *L'année 2000 dans* Le Monde *(Les principaux événements en France et à l'étranger).*
84 Roger Cans : *La ruée vers l'eau.*
85 Paul Santelmann : *La formation professionnelle, nouveau droit de l'homme ?*
86 Raoul Vaneigem : *Pour une internationale du genre humain.*
87 Philippe Meirieu et Stéphanie Le Bars : *La machine-école.*
88 Habib Souaïdia : *La sale guerre.*
89 Ahmed Marzouki : *Tazmamart (Cellule 10).*

DANS LA COLLECTION FOLIO / ESSAIS

248 Sade : *Journal inédit (1807, 1808, 1814).*
249 Ernst Jünger : *Le mur du Temps.*
250 René Guénon : *La crise du monde moderne.*
251 Jean Toussaint Desanti : *Introduction à la phénoménologie.*
252 Jean-Marie Donegani et Marc Sadoun : *La démocratie imparfaite (Essai sur le parti politique).*
253 Pierre Cabanne : *André Derain.*
254 Antoni Tàpies : *La pratique de l'art.*
255 George Steiner : *Réelles présences (Les arts du sens).*
256 Roland Omnès : *Philosophie de la science contemporaine.*
258 Michel Tournier : *Le vol du vampire.*
259 Benedetto Croce : *Histoire de l'Europe au XIX*e *siècle.*
260 Nicolas Malebranche : *Conversations chrétiennes* suivi de *Entretiens sur la métaphysique, sur la religion et sur la mort.*
261 Régis Debray : *Vie et mort de l'image.*
262 Alain : *Mars ou La guerre jugée (1921).*
263 Alice Becker-Ho : *Les Princes du Jargon.*
264 Hegel : *Morceaux choisis.*
265 Spinoza : *Traité de la réforme de l'entendement.*
266 Gaëtan Picon : *Lecture de Proust.*
267 Bruno Latour : *La science en action.*
268 Denis Hollier : *Le Collège de Sociologie 1937-1939.*
269 Jean Giono : *Le poids du ciel.*
270 Mircea Eliade : *Méphistophélès et l'androgyne.*
271 Ananda K. Coomaraswamy : *Hindouisme et Bouddhisme.*
272 Yves Bonnefoy : *La Vérité de parole* et autres essais.
274 Georges Bernanos : *La liberté, pour quoi faire ?*
275 Montesquieu : *De l'Esprit des lois, I.*
276 Montesquieu : *De l'Esprit des lois, II.*
277 Sous la direction de Denis Kambouchner : *Notions de philosophie, I.*

278 Sous la direction de Denis Kambouchner : *Notions de philosophie, II.*
279 Sous la direction de Denis Kambouchner : *Notions de philosophie, III.*
280 Pierre Hadot : *Qu'est-ce que la philosophie antique ?*
281 Jean-Jacques Rousseau : *Émile ou De l'éducation.*
282 Jean Bastaire : *Péguy tel qu'on l'ignore.*
283 Pascal Engel : *Philosophie et psychologie.*
284 Jean-Paul Sartre : *L'existentialisme est un humanisme.*
285 Jean Prévost : *La création chez Stendhal.*
286 Carlos Castaneda : *Le second anneau de pouvoir.*
287 André Breton : *Les Vases communicants.*
288 Jean-Noël Schifano : *Désir d'Italie.*
289 Francis Bacon : *Entretiens avec Michel Archimbaud.*
290 Roger Caillois : *Babel* précédé de *Vocabulaire esthétique.*
291 C. G. Jung : *Un mythe moderne.*
292 Paul Valéry : *Tel quel.*
293 Jorge Luis Borges et Alicia Jurado : *Qu'est-ce que le bouddhisme ?*
294 Witold Gombrowicz : *Testament.*
295 Gaëtan Picon : *1863. Naissance de la peinture moderne.*
296 Thomas Pavel : *L'art de l'éloignement (Essai sur l'imagination classique).*
297 Stendhal : *Histoire de la peinture en Italie.*
298 André Malraux : *La politique, la culture.*
299 Gérard Mairet : *Le principe de souveraineté (Histoires et fondements du pouvoir moderne).*
300 André Malraux : *Le Musée Imaginaire.*
301 Jean-Marc Lévy-Leblond : *La pierre de touche (La science à l'épreuve...).*
302 Pierre Hadot : *Plotin ou la simplicité du regard.*
303 Marc Jimenez : *Qu'est-ce que l'esthétique ?*
304 Jean-Jacques Rousseau : *Discours sur les sciences et les arts.*
305 Albert Camus : *Actuelles (Écrits politiques).*
306 Miguel de Unamuno : *Le sentiment tragique de la vie.*
307 Benjamin Constant : *Écrits politiques.*

308 Platon : *Les Lois.*
309 Fernand Léger : *Fonctions de la peinture.*
310 Carlos Castaneda : *Le don de l'Aigle.*
311 Bertrand Vergely : *La souffrance.*
312 Régis Debray : *L'État séducteur.*
313 Édouard Glissant : *Le discours antillais.*
314 Françoise Dolto : *Sexualité féminine (La libido génitale et son destin féminin).*
315 Françoise Dolto : *Les étapes majeures de l'enfance.*
316 Simone Weil : *Réflexions sur les causes de la liberté et de l'oppression sociale.*
317 Bruno Bettelheim : *La Forteresse vide.*
318 Sigmund Freud : *La question de l'analyse profane.*
319 Raymond Aron : *Marxismes imaginaires (D'une sainte famille à l'autre).*
320 Antonin Artaud : *Messages révolutionnaires.*
322 Paul Klee : *Théorie de l'art moderne.*
323 Paul Valéry : *Degas Danse Dessin.*
324 Carlos Castaneda : *Le feu du dedans.*
325 Georges Bernanos : *Français, si vous saviez...*
326 Édouard Glissant : *Faulkner, Mississippi.*
327 Paul Valéry : *Variété I et II .*
328 Paul Bénichou : *Selon Mallarmé.*
329 Alain : *Entretiens au bord de la mer (Recherche de l'entendement).*
330 Sous la direction d'Henri-Charles Puech : *Histoire des religions I*.*
331 Sous la direction d'Henri-Charles Puech : *Histoire des religions I**.*
332 Sous la direction d'Henri-Charles Puech : *Histoire des religions II*.*
333 Sous la direction d'Henri-Charles Puech : *Histoire des religions II**.*
334 Sous la direction d'Henri-Charles Puech : *Histoire des religions III*.*
335 Sous la direction d'Henri-Charles Puech : *Histoire des religions III**.*
336 Didier Anzieu : *Beckett.*

337 Sous la direction de Brice Parain : *Histoire de la philosophie I, vol. 1.*
338 Sous la direction de Brice Parain : *Histoire de la philosophie I, vol. 2.*
339 Sous la direction d'Yvon Belaval : *Histoire de la philosophie II, vol. 1.*
340 Sous la direction d'Yvon Belaval : *Histoire de la philosophie II, vol. 2.*
341 Sous la direction d'Yvon Belaval : *Histoire de la philosophie III, vol. 1.*
342 Sous la direction d'Yvon Belaval : *Histoire de la philosophie III, vol. 2.*
343 Rémi Brague : *Europe, la voie romaine.*
344 Julien Offroy de La Mettrie : *L'Homme-Machine.*
345 Yves Bonnefoy : *Le nuage rouge.*
346 Carlos Castaneda : *La force du silence (Nouvelles leçons de don Juan).*
347 Platon : *Gorgias* suivi de *Ménon.*
348 Danilo Martuccelli : *Sociologies de la modernité (L'itinéraire du XXe siècle).*
349 Robert Castel : *Les métamorphoses de la question sociale (Une chronique du salariat).*
350 Gabriel Marcel : *Essai de philosophie concrète.*
351 J.-B. Pontalis : *Perdre de vue.*
352 Patrick Chamoiseau, Raphaël Confiant : *Lettres créoles.*
353 Annie Cohen-Solal : *Sartre 1905-1980.*
354 Pierre Guenancia : *Lire Descartes.*
355 Julia Kristeva : *Le temps sensible (Proust et l'expérience littéraire).*
357 Claude Lefort : *Les formes de l'histoire (Essais d'anthropologie politique).*
358 Collectif : *Narcisses.*
359 Collectif : *Bisexualité et différence des sexes.*
360 Werner Heisenberg : *La nature dans la physique contemporaine.*
361 Gilles Lipovetsky : *Le crépuscule du devoir (L'éthique indolore des nouveaux temps démocratiques).*
362 Alain Besançon : *L'image interdite (Une histoire intellectuelle de l'iconoclasme).*

363 Wolfgang Köhler : *Psychologie de la forme (Introduction à de nouveaux concepts en psychologie).*
364 Maurice Merleau-Ponty : *Les aventures de la dialectique.*
365 Eugenio d'Ors : *Du Baroque.*
366 Trinh Xuan Thuan : *Le chaos et l'harmonie (La fabrication du Réel).*
367 Jean Sulivan : *Itinéraire spirituel.*
368 Françoise Dolto : *Les chemins de l'éducation.*
369 Collectif : *Un siècle de philosophie 1900-2000.*
370 Collectif : *Genre et politique (Débats et perspectives).*
371 Denys Riout : *Qu'est-ce que l'art moderne ?*
372 Walter Benjamin : *Œuvres I.*
373 Walter Benjamin : *Œuvres II.*
374 Walter Benjamin : *Œuvres III.*
375 Thomas Hobbes : *Léviathan (ou Matière, forme et puissance de l'État chrétien et civil).*
376 Martin Luther : *Du serf arbitre.*
377 Régis Debray : *Cours de médiologie générale.*
378 Collectif : *L'enfant.*
379 Schmuel Trigano : *Le récit de la disparue (Essai sur l'identité juive).*
380 Collectif : *Quelle philosophie pour le XXIe siècle ?*
381 Maurice Merleau-Ponty : *Signes.*
382 Collectif : *L'amour de la haine.*
383 Collectif : *L'espace du rêve.*
384 Ludwig Wittgenstein : *Grammaire philosophique.*
385 George Steiner : *Passions impunies.*
386 Sous la direction de Roland-Manuel : *Histoire de la musique I, vol. 1. Des origines à Jean-Sébastien Bach.*
387 Sous la direction de Roland-Manuel : *Histoire de la musique I, vol. 2. Des origines à Jean-Sébastien Bach.*
388 Sous la direction de Roland-Manuel : *Histoire de la musique II, vol. 1. Du XVIIIe siècle à nos jours.*
389 Sous la direction de Roland-Manuel : *Histoire de la musique II, vol. 2. Du XVIIIe siècle à nos jours.*
390 Geneviève Fraisse : *Les deux gouvernements : la famille et la Cité.*

Composition Interligne.
Impression Société Nouvelle Firmin-Didot
à Mesnil-sur-l'Estrée le 4 octobre 2001.
Dépôt légal : octobre 2001.
Numéro d'imprimeur : 57142.

ISBN 2-07-041486-8/Imprimé en France.

96162